FOLIO ★
JUNIOR

Rolande Causse

Rouge Braise

Illustrations de Norbert Boussot

GALLIMARD JEUNESSE

La ville

Alerte. Les sirènes hurlent. Dounia se réveille. À ses côtés grand-mère ne bouge pas.

Une violente déflagration. Des explosions suivent. Les vitres de la pièce tremblent.

Grand-Ma allume la veilleuse.

– Viens nous descendons à la cave.

Dounia est surprise. Jusqu'à cette nuit Grand-Ma refusait de quitter la chambre répétant : « La cave est dangereuse. Si le pavillon est bombardé nous étoufferons sous les ruines. » Elle ajoute :

– En passant dans l'entrée prends un vêtement, on ne sait jamais…

Dounia enfile robe de chambre et pantoufles. Toutes deux descendent l'escalier. S'arrêtent devant la grande fenêtre, sans rideau, au demi-étage. Au loin un incendie. Des flammes géantes comme des torches. De hauts brasiers orangés. « C'est beau », pense Dounia.

Une autre déflagration les surprend. Plus sourde, plus éloignée.

– La mairie a peut-être été touchée, dit Grand-Ma.

Elle prend la main de sa petite-fille, la serre et se dirige vers l'escalier étroit qui mène à la cave.

On passe de l'entrée ordonnée du pavillon : meubles anciens, tableaux, bibelots, au fouillis de l'escalier-débarras : objets relégués, vieux habits. Dounia a toujours peur d'aller vers ces caves sombres : monde souterrain, étendu, mystérieux. Un ou deux voleurs peuvent s'y cacher…

Il y a l'odeur piquante de la cave à charbon, celle où brillent les derniers petits tas d'anthracite, provisions d'avant-guerre que l'on économise… Il y a la buanderie bien rangée. Puis, la cave à vin voûtée, la plus éloignée. Quatre grandes marches à descendre, une énorme serrure et une clef rouillée. Une lourde porte de bois fissuré qui grince lorsqu'on l'ouvre. Au sol les cailloux bougent et bruissent à chaque pas. La pièce obscure sent le moisi, l'humidité, le renfermé. Ce ne sont que bouteilles vides et toiles d'araignées.

Assises sur une caisse dans le premier sous-sol Grand-Ma et Dounia tendent l'oreille aux bruits extérieurs. Pour oublier les bombardements Dounia dirige ses pensées vers les caves. Son regard se pose sur la cache, sous l'escalier. Elle se souvient des bijoux enterrés là. Lorsque Grand-Ma pioche et sort de terre le coffret de fer une soirée réjouissante s'annonce.

Dans la cuisine grand-mère bascule le levier de la fermeture et de petites boîtes colorées apparaissent. Sont rangés des pièces brillantes, des bijoux ouvragés : pendentifs et boucles d'oreilles perlées, la montre à gousset d'un oncle qui, il y a très longtemps, exerçait la profession de porteur d'eau... La gourmette offerte aux fiançailles d'une tante, la bague ornée de quatre dents d'enfant, la broche-portrait d'un cousin tué, âgé de vingt ans, à la guerre de 1914-1918... Dans une cassette l'argenterie tintante : les goûte-vins du grand-père de Grand-Ma, les timbales, les couverts de vermeil...

Une explosion sourde suivie de plusieurs détonations. Le cœur de Dounia bat précipitamment.

– Si le pavillon est bombardé nous mourrons asphyxiées sous les décombres, dit Dounia.

– Ne t'inquiète pas, les attaques semblent plus lointaines.

Dounia regarde le visage fin et ridé de Grand-Ma, ses cheveux roux décoiffés, son air préoccupé...

Sirènes. Fin de l'alerte.

Elles quittent la cave. Un silence pesant les entoure. Grand-Ma ouvre la fenêtre. Le quartier semble calme. Au loin des nuages noirs dans la nuit bleutée. Toutes deux, lasses, montent se recoucher.

Jeudi gris. Dounia s'éveille. Grand-Ma s'active déjà.

– Mon trésor nous partons en Bourgogne. Va

10

déjeuner et prépare tes bagages, tes habits, tes livres…

– Et l'école, je n'irai plus Grand-Ma ?

– Je t'inscrirai à Saint-Léon.

– Les lettres de papa, de maman, les recevrons-nous ? interroge Dounia.

– Je reviendrai souvent. Je ne veux pas que nous mourions sous les bombardements. La nuit dernière, le long de la voie ferrée plusieurs maisons ont été touchées. Il y a eu des morts.

Dounia aime Saint-Léon, le village où habite toute sa famille maternelle. Mais changer d'école l'ennuie.

– Peut-être n'y aura-t-il plus de bombardements ? dit Dounia.

– Je ne pense pas. Les Américains ont conquis une partie de l'Italie, et la France devient le champ de bataille européen. Il faut quitter la ville et se réfugier à la campagne. Heureusement nous avons Saint-Léon. Je vais louer une maison là-bas. Ma chérie nous prendrons le train demain matin.

Journée de préparatifs. Dounia est triste. Quitter le pavillon c'est s'arracher à des jours supportables. Malade, maman a dû aller en Suisse pour être soignée dans un sanatorium. Papa est prisonnier au fin fond de l'Allemagne. La maison c'est leur présence, leur souvenir. S'en aller n'est-ce pas les trahir ?

Sans se presser Dounia choisit livres, cahiers,

trousse. Pas de place pour sa grande poupée. Elle enveloppe avec soin et tendresse un minuscule landau et un poupon aussi petit que le doigt. Maman les lui a offerts lorsqu'elle a eu la rougeole.

Dounia est partagée entre ce qu'elle aime ici, ses amies, son école, les rues… et Saint-Léon, village des fêtes familiales. Là-bas, elle passe ses vacances, libre. Se promène de la forge de l'oncle Georges à la ferme de Virginie, du garage à la scierie… « Mais aller à l'école à Saint-Léon, quelle drôle d'idée ! » pense Dounia.

Saint-Léon

Grand-Ma ferme la grande grille. Dounia soupire.

Deux grosses valises, deux cartables, chacune un sac sur l'épaule. Elles vont vers la petite gare. Train de banlieue. Paysage connu. Métro parisien : des stations fermées pour économiser l'électricité. Bientôt l'immense gare de Lyon.

Souvenir triste d'une autre gare glacée où elles accompagnèrent maman qui était déjà très malade. Un autre départ. Toujours des départs. Obligées de se séparer… Maman les embrassait. Dounia serrait dans ses bras la belle poupée de porcelaine qu'elle lui avait offerte la veille. La fillette l'avait nommée Anna comme maman… Partout les soldats allemands. Bottes noires, uniformes vert-gris. Ils martelaient le sol de leurs talons et hurlaient des ordres à des hommes voûtés. Ils les avaient empêchées de passer. Maman s'était éloignée parmi la foule. Silhouette grise et fatiguée, portant une lourde

valise… Le train lentement s'était mis en marche.
Le quai s'était vidé. Grand-Ma et elle étaient res-
tées là, longtemps. Figées. Puis Grand-Ma avait
dit :

— Viens ma chérie, rentrons.

Alors Dounia avait pleuré. Grand-Ma n'arrivait
plus à la consoler.

Elles sont assises dans le wagon. Dounia regarde
par la fenêtre. Découpes de soleil sur les champs.
Bois touffus et soudain un étang argenté. L'eau fris-
sonne…

À Joigny elles descendent. Se promènent en
attendant le petit train. Des croix gammées flottent
sur la mairie.

Puis elles montent dans le train, véritable tor-
tillard qui secoue, soupire et jette des escarbilles
dans les yeux lorsqu'on se tient sur la plate-forme
arrière, à l'air libre. Dounia est réconfortée. Elle
reconnaît les gares aux balcons fleuris de géraniums
rouges. Elle inspecte les « vergnes », lieux maréca-
geux où poussent des roseaux emmêlés et de hauts
peupliers. Elle retrouve les deux mamelons dorés,
collines pierreuses surmontées chacune d'une
ferme fortifiée. Le train toussote et bringuebale.
Bientôt le village perché puis Saint-Léon. Qui va
les attendre ?

Ce sont tante Alice et son petit garçon, réfugiés
comme elles. Puis accourent grand-mère Eugénie et

père Séguin, les parents de maman. Vite la maison familiale et les embrassades générales. Enfin apparaît oncle Georges, ce grand homme qu'elle aime. Il la hisse dans ses bras et tourbillonne…

– Voici revenue ma Tourterelle, nous allons bien nous amuser.

Déjà tante Thérèse, sa femme, entraîne Grand-Ma et Dounia vers la cuisine d'été. Du four elle sort des gâteaux chauds…

« Ici tout semble calme. Aucun absent, aucune difficulté. Pas de sirène, pas d'alerte, pas de bombardement », pense Dounia.

À la longue table il y a onze couverts. Grand-mère Eugénie et tante Thérèse ont préparé un excellent repas. Dounia aime leur accent bourguignon. Doux, chaleureux, rauque et suave en même temps.

À la fontaine elle lave les fruits. Puis décore les plats.

Pour leur arrivée tante a préparé une crème. Dounia change les couverts et dispose les assiettes à devinettes. Pour chaque gravure elle connaît la réponse. Mais elle a toujours plaisir à découvrir les dessins fins et drôles.

« Ici il y a de bonnes choses à manger, pense Dounia. Ce n'est pas comme en ville où rutabagas, topinambours encore plus mauvais que les navets remplacent les aliments excellents d'avant la guerre.

Les gâteaux poussiéreux et les pastilles roses vita-
minées, distribués à l'école, sont écœurants. » Elle
se souvient de Grand-Ma et elle, faisant deux
heures de queue, munies de leurs tickets d'alimentation pour n'obtenir qu'un morceau de pain. C'est
délicieux d'être à Saint-Léon…

Après le déjeuner les grandes personnes pren-
nent café et marc de Bourgogne sous le marronnier.
Oncle appelle :

– Sais-tu encore emplir le flacon au tonnelet
d'eau-de-vie, Tourterelle ?

– Bien sûr, répond Dounia.

Elle se précipite vers la cave. Trois marches et un
crochet. Elle ouvre la porte. Parcourt la longue
voûte jusqu'à l'extrémité, vers une minuscule
lucarne. De chaque côté une rangée de tonneaux
de cidre puis deux tonnelets d'alcool, des bocaux et
des pots de confiture. Au plus haut se balance un
garde-manger abritant beurre et fromages. Odeur
douce de terre fraîche et de champignons… Quelle
simplicité cette cave ! Rien à voir avec celle du
pavillon…

Dounia songe à la tranquillité de Saint-Léon.

Puis elle parcourt les rues du village. Retrouve ses
amis : Virginie et Pierre Viel dont les parents sont
fermiers. Le soir elle accompagne Virginie lorsqu'elle mène le troupeau de vaches à la rivière.
Dounia caracole alors, excitée…

Grand-Ma cherche une maison. Mais elle doit retourner à la ville pour régler des problèmes financiers. Elle semble désolée de l'abandonner. Dounia est sacrément contente. Grand-mère absente elle pourra vivre comme elle l'entend. Une seule ombre : lundi elle doit commencer l'école.

Elle accompagne Grand-Ma à la gare. En chemin celle-ci lui annonce qu'elle a loué deux pièces aux « Tilleuls », la ferme abandonnée, juste auprès de chez ses amis Viel. Dounia est ravie. Grand-Ma fait les recommandations d'usage. Elle n'écoute pas mais acquiesce à tout.

Elle revient de la petite gare. Pensive. La veille, dans la salle du four, elle a surpris oncle Georges en pleine discussion avec des hommes et une femme qu'elle ne connaissait pas.

Il a dit :

— Je vous présente ma nièce Dounia. Ses parents sont loin et elle vient de la ville bombardée.

Se tournant vers elle oncle a ajouté d'une voix basse :

— Tout ce que tu verras, les femmes, les hommes que tu croiseras ici, n'en parle à personne. Oublie, oublie tout ma Tourterelle. Je te fais confiance et t'expliquerai. Maintenant laisse-nous.

Bien entendu elle n'en parla pas à Grand-Ma avec qui elle dormait dans la chambre haute.

Elle passe sa journée entre la forge et le garage. Espace et liberté. Martèlements de père Séguin qui prépare sur l'enclume des fers pour mettre des sabots neufs à un lourd percheron. Pas de chevaux qui montent le chemin. Un fermier entre dans la cour, tenant en bride deux anglo-arabes. Attachés, l'un hennit, l'autre lui répond… Assise sur la margelle de la fontaine Dounia observe père Séguin. Sous l'auvent il attache le cheval massif, gris pommelé. Au propriétaire il tend une courroie qui tiendra la jambe relevée du percheron. Le fermier soutient l'antérieure gauche. Père Séguin décloue le fer usé, lime la corne et prépare le sabot. Il se dirige

vers le foyer de la forge. Tire le soufflet qui active le feu. De courtes flammes sautillent parmi les braises. Il saisit la pince qui tient en son bout le fer rouge. Un ultime coup de marteau afin d'ajuster le fer neuf au sabot du cheval. Père Séguin pose alors le fer sur la corne. Jets de fumée. Odeur âcre d'ongle brûlé. Il tape, fixe la pièce à l'aide de clous carrés. Ses gestes sont extrêmement précis malgré son grand âge. Jamais il ne faillit. Mais la sueur perle à son front.

Dounia se dirige vers oncle qui est courbé au-dessus du moteur d'une Talbot, voiture noire et distinguée… Sur le toit il a installé un gazogène car il n'y a plus d'essence.

– Tu ne sais pas conduire Tourterelle ? Bientôt je t'apprendrai. Les filles doivent voyager comme les garçons, n'est-ce pas ?

Elle sourit, surprise. Il ajoute :

– Ce soir je t'emmène pour ta première leçon.

Elle a dix ans.

Sous le marronnier fleuri les femmes épluchent des haricots.

Ce soir elle n'ira pas garder les vaches comme elle l'avait promis à Virginie.

Elle s'occupe des poules avec grand-mère Eugénie. Traverse le potager ordonné. Court à travers le verger. Entre dans l'espace grillagé où poules et coqs caquettent. Grand-mère jette des traînées d'avoine. Dounia se faufile dans le poulailler et emplit son panier de gros œufs crottés. Puis toutes deux arrachent les mauvaises herbes entre les carottes. Grand-mère soupire :

– Quel malheur ! Georges ne peut s'occuper de la forge. C'est Séguin qui ferre. Il en abandonne son jardin. Triste temps !

Dounia questionne :

– Pourquoi oncle ne peut-il plus travailler à la forge ?

– C'est lui qui te répondra, petite.

Dounia quitte sa grand-mère et court vers oncle. Celui-ci lui demande de patienter encore une petite demi-heure. Bientôt ils iront ensemble dans la forêt de Sommemors.

La Talbot cahote sur les routes campagnardes. Oncle semble préoccupé. La nuit tombe. Ils empruntent des chemins forestiers. Au cœur des bois Georges ralentit et coupe le moteur.

– Reste dans la voiture. Si, par hasard, quelqu'un vient, dis que je suis parti car la voiture est en panne... À bientôt ma Tourterelle...

Dounia attend dans la nuit noire. Elle entend des branches qui craquent. Un avion passe. Son moteur vrombit. « Il doit être près, pense-t-elle. Au-dessus de la forêt peut-être... » Soudain elle a peur. S'il la bombardait alors qu'elle est seule. Pourquoi oncle l'a-t-il abandonnée ?

Au loin des phares. Une camionnette approche.

Le chauffeur arrête l'automobile derrière la Talbot. Dounia observe. Un autre homme descend et disparaît dans les fourrés. Le chauffeur s'approche, ouvre la portière et dit :

– Qui es-tu ?

Dounia ne répond pas.

– Comment t'appelles-tu ?

– Je ne sais plus, murmure la fillette qui fait semblant de dormir.

L'homme claque la porte et s'éloigne.

L'avion tourne toujours. Dounia aimerait quitter ce lieu.

Oncle apparaît accompagné du chauffeur de la camionnette. Dounia entrouvre la glace.

– Pourquoi as-tu amené cette gamine ?

– Si nous avions dû traverser un barrage allemand j'aurais dit que je la conduisais chez le médecin. Les soldats m'auraient laissé passer. Ils n'auraient jamais soupçonné que j'allais organiser un parachutage, ajoute oncle en riant.

– Bien. Pour le retour ne circule que sur les petites routes. Rendez-vous à deux heures du matin. Nous déchargerons les armes.

Georges monte dans l'automobile et démarre.

– Oncle, j'ai eu peur que tu ne reviennes plus.

– Ne t'inquiète pas ma Tourterelle. Le camarade m'a dit que tu avais refusé de dire ton prénom. Parfait. Tu as été parfaite.

Puis il ajoute :

– Tout ce que tu vois, ce que tu entends, doit demeurer secret. Tu gardes absolument tout pour toi. Promis ? Tu n'en parles à personne. Je te fais confiance.

– Oui, oncle, répond Dounia qui a compris qu'elle est porteuse d'un secret important.

Elle ajoute avec autorité :

– Explique-moi ce que tu fais.

– C'est hélas simple. La France a perdu la guerre en juin 1940. Notre pays est occupé par les Allemands. Ils volent notre nourriture, nos jeunes, nos vies. Comme un million de Français ton père est prisonnier en Allemagne. Enfermé dans un camp. Maltraité. Ta mère a dû se faire soigner à l'étranger car nous y avons de la famille. Nous sommes ici, dans notre pays, sous la domination ennemie…

« Alors, dans les bois ou cachés dans les villes, nous résistons. Nous combattons les Allemands. Nous les forcerons à quitter le pays. Cependant il faut se méfier. Nous devons être très prudents. Sais-tu que le maréchal Pétain lui-même appelle à la délation ? Certains Français qui collaborent avec les Allemands, qui sont contre leur propre patrie, nous dénoncent. On a déjà perdu des camarades. Les policiers allemands torturent et tuent. Donc silence absolu.

Georges lui tape sur l'épaule et poursuit :

– Ne crains rien. Nous sommes forts. Nous gagnerons…

Ils roulent alors en silence jusqu'à la maison.

– Demain je te donnerai une leçon de conduite, promet Georges.

Tante a préparé un dîner pour eux deux. Dounia est heureuse d'être rentrée. Elle soupe fièrement en tête à tête avec oncle.

– Dors bien la Tourterelle et souviens-toi : tu ne sais rien. Bonne nuit et merci de m'avoir accompagné, ajoute-t-il.

Vite le grand lit haut pour elle toute seule.

Dounia se sent presque une adulte…

Dimanche. Grand-mère Eugénie rappelle l'entrée prochaine à l'école. Dounia n'apprécie pas. Elle n'a aucune envie de perdre son temps dans cette classe unique. Virginie lui a raconté que le vieil instituteur est très sévère. Dans la même salle les petits pleurent, les plus grands crient. À la récréation les garçons se moquent des filles et les battent… Elle préfère vivre à la forge, près d'oncle Georges et de tante Thérèse.

Lundi matin. Grand-mère Eugénie appelle.

– J'ai très mal au ventre. Je ne peux pas me lever.

Tante Thérèse monte un grand bol de lait sucré et réconforte :

– Demeure au chaud ma Dounia. Là, je vais te frotter.

Le massage apaise sa douleur.

De son lit Dounia entend les bruits du village. Coq qui chante. Coups de marteau à la forge. Sous la fenêtre deux femmes bavardent :

— C'est affreux, les grandes villes sont bombardées et le ravitaillement manque.

— Les Allemands obligent les jeunes gens à aller travailler dans leur pays. Ils volent notre blé, notre cheptel. Qu'allons-nous devenir ? Les ponts sont minés. Des trains sautent. Des civils sont tués. Quelle horrible guerre !

Des cris d'enfants qui sortent de l'école… Le mal de ventre reprend.

À midi Thérèse apporte un plateau. La fillette mange et interroge :

— Ne pourrais-tu pas me donner des leçons, toi qui étais institutrice avant de venir t'occuper de la comptabilité de la forge et du garage ? Je ferais tous les devoirs que tu voudrais. Tante, je ne veux pas aller dans cette classe unique. Tous ces enfants me font peur. Je souhaite rester auprès de vous et vous aider.

— Calme-toi, Tourterelle. Je te garde jusqu'au retour de Grand-Ma. Je lui parlerai de la possibilité de te donner des cours.

La joie l'envahit ainsi que l'envie de chanter, de sauter, de danser…

Dounia se lève. Oncle et un jeune homme entrent dans la salle du four. Elle les suit. Georges ferme la porte à clef. Tire et crochète les volets. Puis il sort du four à pain désaffecté un petit meuble caché par une épaisse couverture. Il le dégage. C'est un poste de radio. Le jeune homme cherche sur le cadran un point précis. Quatre coups sourds : « Des Français parlent aux Français. » Il traduit : « Attention auditeurs libres les messages suivants vous sont adressés. » « Le magasin des erreurs vend à crédit. » « Contre la lune rame un dragon. » « La tendresse se cache au coin de l'océan. » « L'oasis éclaire l'horizon. »

Dounia écoute. Ces étranges phrases lui semblent belles et douces. Le jeune homme tente de capter un autre poste. Bruits inaudibles. Ils quittent les lieux après avoir rangé et caché le poste.

Au dîner tante interroge :

– Y a-t-il eu des messages pour nous ? Quelles sont les nouvelles ?

– Ce soir nous avons entendu Londres. D'après le code, les parachutages doivent se succéder dans les prochains jours.

Dounia réfléchit. Les messages annoncent des parachutages. Elle interroge :

– Qu'est-ce qu'un parachutage, Georges ?

Oncle répond :

– Des Anglais nous envoient de l'aide. Mais chut, Tourterelle, va te coucher. Au fait, tu n'es plus malade ?

– Je n'ai plus mal.

Dounia embrasse oncle et tante qui demeurent à bavarder. Dans son lit elle énumère les messages. Puis tente d'en inventer : « Un papillon dévore les chagrins. » Non. « Un énorme chagrin explose en mille rires... » « La forêt écrase les peurs... »

« Si j'inventais une formule qui efface l'école », pense soudain Dounia. Elle réfléchit, cherche... et s'endort...

La classe unique

Grand-Ma est de retour. Oncle s'est absenté.

Dounia pénètre pour la première fois dans la cour de l'école. Le cœur serré. Ce matin, elle a refusé d'embrasser Grand-Ma. Virginie l'accompagne. Pierre joue au football avec d'autres garçons et fait semblant de ne pas la connaître. L'instituteur donne un coup de sifflet.

Immédiatement les enfants s'arrêtent de marcher, de parler. Ils sont comme figés. « C'est drôle », pense Dounia. À ses côtés un garçon laisse tomber une bille. Le maître hurle :

– Philippe, les mains sur la tête. Tu ne sais pas encore que l'on ne doit pas bouger, même le petit doigt, après le sifflet…

Tous les écoliers se sont tournés vers lui.

L'instituteur enchaîne :

– La nouvelle, viens ici.

Dounia hésite. Est-ce à elle que cet homme s'adresse ?

– Tu n'entends pas ! crie-t-il, lui lançant un regard méchant.

Alors elle avance à pas menus. L'école entière l'inspecte. Les enfants ; les murs ; les arbres ; les pierres ; les herbes.

Dounia sent ses joues devenir brûlantes. Elle s'arrête à quelques mètres.

– Approche, je ne dévore pas les enfants… Je vous présente à tous : Dounia Fromont, une Parisienne réfugiée, bombardée, sous-alimentée…

Tous la dévisagent. Dounia est furieuse. « C'est faux, pense-t-elle. Ce bonhomme est un menteur. »

Second coup de sifflet.

– En rang, vocifère-t-il.

Dounia n'ose bouger. Les enfants, en ligne, entrent dans la classe. Passant devant le maître, ils baissent la tête. Un garçon se tient droit. Aussitôt l'instituteur lui tire l'oreille.

Figée, Dounia voit le flot de cartables-vêtements-têtes baissées qui coule…

– Entre, Fromont. Tu as intérêt à faire comme les autres.

L'homme ajoute :

– Dix ans : avec le groupe C, le carré de gauche.

À l'intérieur de la grande salle une quarantaine d'enfants s'installent dans un vacarme aigu. Au-dessus du tableau sont alignés cinq portraits du maréchal Pétain.

– À gauche Fromont, répète l'instituteur.

Alors la fillette se dirige vers Virginie qui lui sourit. Elle voit une table libre et s'assoit.

Il lit : Groupe A, devoir page 140 numéro 52. Groupe B, estrade : exercice oral. Groupe C, livre de lecture page 48, deuxième paragraphe. Groupe D, les garçons : gymnastique à l'extérieur ; les filles : couture.

Dounia songe à son école. Il y a de vraies classes et l'on ne doit pas baisser la tête en passant devant les institutrices. Il n'y a qu'un portrait du maréchal Pétain accroché très haut dans le préau. Elle pense à la voix douce de Paule, sa maîtresse. Sa ville, son pavillon, les rues calmes, les jardinets devant les maisons, l'allée de hauts platanes... La tristesse l'envahit. Le maître intervient. Force Virginie à lire. Elle ânonne.

– À toi Dounia Fromont, dit-il en lui tendant le livre de lecture.

La fillette enchaîne sans difficulté.

– C'est très bien. Tu sais lire vite et ta voix est agréable.

Dounia rougit encore.

Récréation. Deux rangées de garçons l'emprisonnent et chantent : « Parisienne : tête de hyène, Parisien : tête de chien ». Elle veut se sauver. Ils l'encerclent et reprennent leurs moqueries. Elle cherche Virginie qui a disparu.

Retour en classe. Dounia ressasse : « Je n'irai jamais plus dans cette école. PLUS JAMAIS… À midi je cours chez oncle et tante… Je leur explique tout… Ils me défendent… Grand-Ma accepte que Thérèse me donne des leçons… Je ne retourne plus dans ce lieu. »

Midi moins cinq. Nouveau coup de sifflet. Silence et pétrification de la classe entière. Sifflet. Tous les enfants se lèvent bruyamment. Le maître, tel un chef d'orchestre, lève la main, pointe le doigt. En chœur les élèves entonnent : « Maréchal nous voilà… » Ils s'égosillent : « Toi le sauveur de la France… » Dounia observe ses voisins qui hurlent. « Ils sont stupides », pense-t-elle.

Sur le chemin Dounia marche à grandes enjambées.

À la forge oncle est absent. Elle se plaint auprès de tante qui l'écoute attentivement. La rassure, lui promet de convaincre Grand-Ma. Mais au déjeuner Grand-Ma s'entête et lui demande de patienter.

– Tout va s'arranger. C'est une question d'habitude.

Dounia sanglote.

À deux heures tante l'accompagne et parle avec l'instituteur. Après-midi morose. Récréation triste.

Des garçons et des filles se moquent d'elle. « La nouvelle : une poubelle… » Virginie et Dounia font des grimaces. Ils enchaînent : « Dounia la rousse, Dounia la frousse, Dounia ce n'est pas un prénom, un vieux trognon… » Un garçon s'approche d'elle :

– Ton prénom tu l'as trouvé sur un tas d'ordures ?

Lasses, les fillettes haussent les épaules et s'éloignent. Après la récréation le maître l'envoie au tableau. Elle lit l'énoncé du problème. Puis le résout, à haute voix, sans hésitations. L'instituteur la complimente. Dounia rage.

Le soir Grand-Ma et la fillette visitent leur future demeure : Les Tilleuls. Une discussion animée s'engage avec Grand-Ma. Enfin celle-ci accepte que Dounia l'aide à emménager mardi et mercredi. Elle sera donc absente de l'école. Provisoirement elle a triomphé.

Journées splendides. Grand-mère Eugénie a prêté des meubles anciens, de la vaisselle, de vieux objets, des napperons. Grand-Ma et Dounia placent, déplacent, replacent le buffet, les lits, une coiffeuse tarabiscotée… Dounia s'amuse et court cueillir un gros bouquet de fleurs des champs pour sa nouvelle maison.

Dans la haute cheminée de pierre Grand-Ma allume un feu.

Des flammes orangées dansent. Ourlées de bleu, elles tournoient, se précipitent et crépitent. Des images de bombardements surgissent devant les yeux de Dounia.

Oncle est de retour. Très affairé. Entouré de quelques jeunes gens inconnus.

Grand-Ma cherche des rideaux. Impossible à trouver en ces temps de guerre…

Leur « deux pièces » n'a rien de commun avec l'ordre harmonieux du pavillon. Mais Dounia aime cette salle de ferme et la petite chambre qui donne sur le verger… La nuit on entend les souris qui courent dans les cloisons.

Grand-Ma cuisine sur un poêle noir. Elle s'organise et décide d'acheter des vélos d'occasion afin de faire de grandes promenades et d'aller au ravitaillement avec sa petite-fille.

Dès que Dounia en a l'autorisation elle court chez oncle.

Vendredi. Dounia souffre du ventre et son corps

est couvert de boutons. Le médecin parle de maladie contagieuse. Il faut garder la chambre. Soulagement. Elle ne va pas dans cette maudite école. Mais n'a pas la permission d'aller à la forge. Elle s'ennuie… Essaie encore une fois de convaincre Grand-Ma que, pour elle, tante Thérèse peut être une excellente institutrice. Grand-Mère semble hésiter mais ne donne aucune réponse précise. Jours gris. Attente. Chagrin… Elle voudrait voir surgir ses parents. Le rire communicatif de papa… La douce, sa douce maman…

Guérie elle se rend chez tante.

Oncle est en réunion dans la salle du four. Elle s'y glisse. Georges et des jeunes gens écoutent la radio. Personne ne s'occupe d'elle. Messages farfelus, incompréhensibles. Une discussion suit. Dounia devine que ces gens sont des résistants qui vont vivre cachés dans des granges, des écuries… Elle entend soudain :

— Le grenier des Tilleuls sera parfait…

— Vont-ils habiter au-dessus de sa maison ?

Oncle enchaîne :

— Vous devez être vigilants et craindre les dénonciations.

Dounia se faufile hors de la salle du four pour retrouver tante. Elle parle encore de l'école détestée. Thérèse l'invite à dîner et lui lit un conte de son enfance. Mais Dounia insiste pour prendre des leçons particulières avec elle. Dîner joyeux. Oncle et tante plaisantent. Il y a quelques jeunes gens rieurs. Puis Thérèse dit qu'il est temps de rentrer. Elle l'embrasse ; Dounia lui rend son baiser et s'en va.

Grand-Ma ronfle. Dounia se couche. Elle pense aux résistants qui vont habiter dans le grenier, au-dessus d'elle... Elle écoute le silence. Il pleut. De grosses gouttes qui tapent. Décharge mate. Appel sourd et régulier. Comme un tambour. Musique. Puis des sons aigrelets, multiples... Elle s'endort.

De très bonne heure elle prétexte un pipi sous les tilleuls et sort. Elle court vers la grange, grimpe à l'échelle... Dans la paille dorment six hommes. Corps abandonné, visage d'enfant. Dounia redescend prestement, heureuse de connaître un autre secret et d'avoir pu le vérifier.

Midi. Un tour au grenier. Vide. Elle comprend. Ils ont filé par le verger. Jamais ils n'emprunteront la route. Leur itinéraire passe par les champs et les bois.

La bicyclette rouge

Georges appelle. À la main il tient une bicyclette rouge.

– Dounia c'est pour toi.

La fillette la regarde, hésite :

– Elle est belle.

– Tourterelle, fais-nous une démonstration.

La rue. Dounia descend la côte à toute vitesse. Le vent bourdonne comme un insecte et soulève ses cheveux roux… Merveille ! Elle se sent soudain heureuse, heureuse… Elle fait demi-tour. Au loin oncle et deux jeunes gens. Elle pédale nerveusement. Les rejoint et s'arrête près d'eux souriante.

– Bravo, dit Georges, tu seras une championne.

– Tu me prêtes ton vélo ? demande un des hommes.

– Il est trop petit pour toi. À la ville j'avais un grand vélo gris et, sais-tu Georges, j'allais très loin car grand-mère ne pouvait pas me suivre.

– Tu es coquine Dounia.

– Je vais montrer ma bicyclette à Grand-Ma.

– Dis-lui que je n'ai pu en trouver qu'une pour enfant. Thérèse lui prête la sienne lorsqu'elle le désire.

Dounia disparaît vers les Tilleuls. Grand-Ma demeure bougonne devant la belle bicyclette rouge.

– Avec cet engin je ne saurai jamais où tu es.

– Je te le dirai, assure Dounia tout en pensant qu'elle ira où bon lui semble : vers la bourgade principale, sur la route en direction de Sommemors ou le long de la rivière. « Grand-mère n'a pas de vélo pour me suivre », pense-t-elle.

– Nous irons faire des promenades ensemble, affirme Dounia pour réconforter sa grand-mère.

– Tu me promets d'être prudente ?

– Je suis très sage et championne, a dit oncle Georges.

– Tu rentreras toujours à l'heure précise pour les repas sinon je te confisque ton vélo.

– Promis-juré Grand-Ma.

Dounia l'embrasse afin de repartir plus vite sur les chemins… Une longue promenade solitaire au-delà du village. Champs de blé vert. Rectangle jaune de colza. Noyers épais qui bordent la route. Fleurs minuscules et herbes folles le long du talus. Des papillons blancs volettent dans le soleil… Retour, Dounia change de cap à l'entrée du village. Fait un détour considérable afin de ne pas passer devant l'école. Le vent pique ses cuisses. Elle pédale sans effort et file comme une flèche… Son corps semble se mêler à la machine. La bicyclette la prolonge. Dounia s'étire joyeusement à chaque mouvement. Caresse la selle. À l'intérieur d'elle il y a un bouillonnement, une exaltation… « C'est peut-être ce que les grands appellent la liberté… Non, ce mot semble très sérieux lorsqu'ils le prononcent.

« Ma bicyclette c'est un autre moi-même. Une Dounia à deux roues ; rouge ou rousse, chromée, avec un beau guidon-tête qui dirige. Les poignées de caoutchouc blanches ce sont les mains ; mes deux paumes collent impeccablement… La petite sonnette aiguë n'est-ce pas l'unique parole de la bicyclette ? Gling… Attention j'arrive tel un pur-sang… Au galop de mes roues… Au vent de la précipitation… Les pédales tournent comme des moulinets… Debout, en danseuse je chavire et mange l'espace… Hourra… Vive ma bicyclette rouge… Je saute à terre. J'ai rétréci. Contre le sol mes pieds semblent stupides. Mes jambes flageolent. Mon corps est pesant, lourd, maladroit… Mes pensées ralentissent… Le temps coule plus lentement… »

Devant la maison de Georges il y a un petit trottoir de briques rouges, assez haut pour que la pédale se pose sur la bordure et que le vélo demeure droit. Dounia le range à cet endroit. Souvent elle s'assoit sur la selle. Se sent fière et observe la rue, le garage, la maréchalerie…

Tante est partie rendre visite à Grand-Ma. Elle va tenter de la convaincre qu'elle pourrait donner à Dounia un enseignement de meilleure qualité que celui du maître. Dounia attend sur sa bicyclette. Soudain elle voit déboucher au carrefour la jeune femme qui marche d'un pas allègre. Un sourire illumine son visage. Dounia se précipite. Thérèse annonce l'excellente nouvelle : désormais elle sera son institutrice. Mais gare !

Dounia embrasse tante et l'entraîne dans un tourbillon étourdissant.

Parachutage

Un chaud et silencieux après-midi.

Soudain une moto pétarade. Le conducteur arrête le moteur dans la cour. Un jeune homme descend. Range l'engin près de la meule. Dounia apparaît.

– Tu ne sais pas où je peux rencontrer le patron du garage ? C'est urgent.

– Quel est votre nom ? interroge-t-elle.

– Dis-lui que Claude souhaite lui parler, répond-il d'une voix chaleureuse.

– Je vais voir s'il est là.

Dounia traverse le garage et se dirige vers un réduit qui donne sur le jardin. Devant un établi oncle lime un tube de fer. Elle lui annonce l'arrivée de Claude.

– Il est blond, cheveux frisés ?

– Oui, répond Dounia.

– Cours le chercher Tourterelle.

Claude et Dounia se dirigent vers le réduit.

– Salut frère. Bonne route ? Pas de barrages allemands ?

– La grande vie.

– Dounia nous nous enfermons. Je ne suis là pour personne. Merci Tourterelle.

Oncle entraîne Claude. La porte claque. Bruits de clef. Dounia s'assoit sur un établi et prête l'oreille afin de suivre la conversation.

– Nous avons reçu le message, dit Georges.

– Le parachutage doit-il avoir lieu cette nuit ?

– Oui.

– Où ?

– Dans le champ, en bordure de la rivière, près du vieux puits. Georges ajoute : Deux responsables doivent baliser le terrain avec des lampes torches en formant un M. Chaque homme arrivera séparément, avant le couvre-feu, afin de ne pas être remarqué dans le village.

– Tu dois distribuer des armes. On ne sait jamais, dit Claude. Après le parachutage n'oubliez pas de faire l'inventaire et détruisez tout ce qui peut être un indice, une trace pour les Allemands comme les toiles et les cordes des parachutes, les containers… Où allez-vous cacher les armes ?

– …

Dounia n'entend pas la réponse.

– Aurez-vous la camionnette de la scierie ?

– …

Georges parle si bas que Dounia ne distingue pas un mot. Alors sans bouger elle inspecte le sol. Des taches d'huile et de cambouis forment des cartes de géographie. Des continents étranges ; des pays peut-être ; des mers ; des îles… Puis une suite de gouttes comme une frise d'oiseaux en vol… Là-bas une énorme oursonne rondouillarde, pas méchante, à côté un jeune ourson… Des histoires à imaginer… Dounia aime l'odeur qui l'entoure. Les deux hommes sortent. Sur son perchoir la fillette rougit.

– Vois comme ma Tourterelle nous protège, dit Georges. Veux-tu me rendre un service ?

– Bien volontiers, répond Dounia.

– En bicyclette tu vas aller à la ferme du château, au village de Vieux-Poux. Tu demanderas Marcel. Il a une grande barbe noire. Il était ici hier. Te souviens-tu de lui ?

– Oui, je le connais.

– Dans la pompe de ton cycle je glisse un message anodin. Tu donnes cette pompe à Marcel et tu lui précises : regardez à l'intérieur.

Oncle tire une feuille de papier à cigarettes. Il écrit. Plie et glisse le papier sous la partie supérieure. Il fixe lui-même la pompe sur le vélo de Dounia.

– Si Marcel est absent, essaie de voir sa femme. Demande-lui à quelle heure il sera de retour.

– Il n'y a aucun danger pour toi, ajoute-t-il. Mais silence et secret absolus.

– Promis !

– Va vite Tourterelle.

Dounia pédale avec vigueur. Descendant la pente elle lâche son guidon. Soudain elle a peur que la pompe ne se soit mystérieusement détachée, qu'elle ait disparu, qu'elle se soit envolée avec la missive… Dounia pose ses yeux sur le tube métallique où est dissimulé le message. Réconfortée elle accélère l'allure… Crispée par l'effort, en sueur, Dounia grimpe le plus vite possible le long de la route qui mène au château.

Sa bicyclette à la main elle traverse la cour de la ferme. Marcel attelle un cheval.

– Bonjour monsieur.

– Bonjour fillette.

Dounia pose son vélo contre un mur et détache la pompe. Elle la tend à Marcel en disant :

– À l'intérieur il y a… Regardez à l'intérieur de la pompe. De la part de mon oncle Georges, ajoute-t-elle tout bas.

– Merci. Entre, viens te rafraîchir.

– Non, merci, répond-elle. Je suis pressée. Au revoir monsieur.

Elle descend la longue route les cheveux au vent. Exaltée. Dans la plaine, Dounia, soudain calmée, inspecte les maïs encore verts, les avoines parsemées de coquelicots. Elle pédale légère, aérienne, floue… Vide, dans une apesanteur idéale, heureuse après une tâche trop énorme…

Dounia atteint le village. La joie bondit en elle, se répand, l'inonde. « Mais je dois vite prévenir oncle. » Georges est dans la salle du four. Elle frappe. Lance d'une voix nette.

– C'est moi, Dounia.

Oncle entrouvre la porte. Elle pénètre dans la pièce sombre. Des regards semblent se poser sur elle. Dounia se sent fière. Elle murmure à Georges :

– J'ai confié la pompe à Marcel. Il l'a emmenée en la serrant fort. Me la rendra-t-il ?

– Merci Tourterelle. Ne t'inquiète pas. Dès demain je t'en donnerai une autre.

Oncle la prend sur ses genoux. Confortable douceur. Elle colle son oreille contre les battements mats du cœur de Georges… Sa respiration la berce… Elle s'assoupit. Lorsqu'elle se réveille, Georges, assis à côté d'elle, explique à Marcel :

– Tu attends ici la répétition sur les ondes du fameux message : « L'écureuil s'est brisé une patte. » À 19 heures tu dois entendre encore une fois cette phrase. Ce qui signifie : les armes ont été chargées dans l'avion. Le message passe à la radio, pour la dernière fois, vers 21 heures. Alors l'avion a décollé et vole vers nous pour le parachutage. Dès que tu auras entendu : « L'écureuil s'est brisé une patte », tu files en bicyclette à la laiterie. Tu montes dans le camion. Robert est prévenu, il t'attend au bord de la route. Quelle chance nous avons ! Quand je pense que toute la laiterie est réquisitionnée par les soldats allemands et que les chauffeurs-laitiers continuent de nous aider à la barbe de l'ennemi… Donc prudence. Vous nous rejoignez : phares éteints à partir du réservoir. Dans dix minutes chacun doit être prêt à partir.

Dounia interroge :

– Je peux venir avec vous ?

– Non Tourterelle. C'est trop tard pour les enfants. Impossible. Tu dois rentrer auprès de Grand-Ma. Rendez-vous demain au déjeuner. Il se peut que j'aille dans les bois de Sommemors. Si tu veux m'accompagner j'accepte. À demain.

Dounia traîne avant de rejoindre les Tilleuls. Elle entend un avion et pense aux parachutages. « Comment font-ils pour retrouver les armes ? Quels dangers y a-t-il ? Pourquoi Georges a-t-il refusé de m'emmener ? »

L'avion a disparu. Elle est en retard. Grand-Ma gronde. Triste dîner.

Avant de se coucher Dounia sort. Il fait noir, très noir. Elle inspecte le ciel. Nuit bleue sans étoiles. Comment vont-ils faire ? Pourvu que les Allemands ne les découvrent pas, ne les arrêtent, ne les emprisonnent pas… Elle aurait été si contente d'accompagner Georges…

Grand-Ma appelle. Dounia ne répond pas. Un avion passe. Le moteur vrombit. Succède un long silence. Grand-Ma crie qu'il est tard, qu'elle doit aller dormir… Puis l'avion revient volant bas. Elle l'entend sans le voir. Soudain une petite lumière s'élève dans le ciel et le ronflement s'éloigne… Elle part se coucher, inquiète pour oncle…

Bavardage

Le lendemain Dounia court chez tante.

– Oncle est-il de retour ? interroge immédiatement la fillette.

– Non, mais rassure-toi. Tout s'est très bien
déroulé. Il sera là dans l'après-midi, répond tante.
M'accompagnes-tu au lavoir ?

– Bien sûr, dit Dounia qui aime aller dans cette
maisonnette basse, au toit moussu, dont la façade
arrière s'ouvre sur la rivière.

Les femmes s'agenouillent dans des caissons à
trois côtés, garnis de paille. Sur la planche inclinée,
face à l'eau, elles savonnent, tapent, brossent le
linge et le rincent dans l'eau profonde tout en par-
lant de la guerre. Une fermière annonce que l'armée
allemande est battue et recule sans cesse sur le front
russe. Une dame âgée raconte qu'à la ville un soldat allemand a obligé une gitane à lui dire la bonne
aventure. Celle-ci fit son métier et, dans sa main,

prédit la défaite. L'officier l'arrêta et la fit emprisonner… Quelle barbarie !

– Moi j'ai baptisé mon cochon : « Hitler », dit en
riant madame Viel qui, sur cette phrase, quitte le
lavoir.

Un long silence suit. Dounia aide tante. Avec un
battoir elle tape de toutes ses forces sur le linge déjà
savonné. Elle déteste rincer. L'eau est si froide que
de la glace semble se glisser dans son corps, jusqu'au
cœur…

Aujourd'hui des libellules irisées passent et tournoient au ras de l'eau… « Vont-elles mourir le jour
même ? Est-ce légende ou vérité, s'interroge Dounia, elles sont si belles… »

La boulangère s'installe près de tante et lui
demande :

– J'ai vu des jeunes gens qui semblent nouveaux
venus au village, les connaissez-vous Thérèse ?

– Non. À l'exception des deux cousins qui,
comme Dounia et sa grand-mère, se sont réfugiés à
Saint-Léon. Les alertes et la sous-alimentation rendent pénible la vie citadine. Demandez à ma nièce.

Tante lui fait un clin d'œil. Alors Dounia comprend
qu'elle doit parler.

– À la ville nous n'avions rien à manger. Grand-
Ma se levait à l'aube et partait faire la queue. Elle
emportait son pliant afin d'être moins fatiguée. Parfois les magasins ne distribuaient des aliments qu'aux
soldats allemands. Dans l'immense file composée de

femmes et de quelques hommes âgés montait la colère, la grogne, comme disait Grand-Ma. À Paris savez-vous que des ménagères se sont révoltées et ont été emprisonnées ? dit Dounia d'une voix grave. Les jours de chance Grand-Ma revenait avec des topinambours, des raves, une fois des fanes de radis. Avec les tickets de ma carte d'alimentation J2 – hélas je n'étais pas J3, les grands de quatorze ans, eux, touchaient plus de viande – elle avait droit à 92 grammes de viande par semaine, sans os ; 100 grammes avec os. Parfois elle partait à pied, faisait quinze kilomètres et rapportait trois œufs achetés à prix d'or, au marché noir, dit-on.

Dounia poursuit :

– Il y avait aussi les sirènes, les alertes, les bombardements. Dans la journée, dès les hurlements des sirènes, chaque classe se réfugiait dans les abris. Enfants et institutrices couraient jusqu'à la grande place. On avait construit là une série d'abris car notre école, belle et moderne, avait été bâtie sans cave. C'était comme des égouts. Nous descendions dans ces sombres couloirs. Les odeurs de moisi et d'urine faisaient mal au cœur. Nous avions froid. Nous avions peur de mourir étouffées dans ces boyaux sinistres et malodorants.

– Pauvre petite, tu viendras chercher des bonbons, dit la boulangère.

À sa domestique elle donne des ordres d'une voix pointue et quitte le lavoir. Tante savonne avec ardeur. Dounia l'aide, comprenant que la situation est difficile, ici aussi.

En revenant Thérèse pousse la brouette, lourde d'une lessiveuse trop grande. Elle semble lasse. La fillette n'ose pas questionner. Tante s'arrête pour se reposer, soupire et dit à Dounia :

– Georges doit intervenir. Il y a trop d'allées et venues à Saint-Léon. Dans une ville on se cache plus aisément. Ici tout le monde se connaît et je crains les bavardages, les dénonciations. Tu as bien fait de détourner la conversation.

La ferme de l'étang

Georges et Dounia roulent face au soleil couchant. Ils s'arrêtent. Oncle range la voiture dans un sous-bois.

– Viens, Tourterelle. Avançons en silence.

Ils marchent longtemps. Georges propose de porter Dounia sur ses épaules. Elle refuse. Bien que fatiguée, elle s'entête à marcher. Elle a promis d'être silencieuse et bonne marcheuse. Enfin ils débouchent face à un étang couvert de nénuphars. Au loin oncle montre un héron cendré. Dounia admire cette longue et fine silhouette grise. Ils découvrent un jardin triangulaire protégé par une haie. Au-delà une maison aux volets clos. Ils se dirigent vers la bâtisse. Oncle cogne contre une petite porte avec sa clef. Il doit composer le code : le mot « biche ». B : 2 coups, I : 9 coups, C : 3 coups, encore huit coups… cinq coups. Silence.

Une voix :

– C'est la ferraille ?

– Oui, tu nous ouvres.

Ils pénètrent dans la maison. Dounia aperçoit quelques jeunes gens souriants qui s'éclairent avec des bougies. Une seule femme, Georges s'avance, l'embrasse..

– Bienvenue à toi et à l'enfant.

– Élisa, quelle joie de te voir, dit Georges.

– Admire notre journal, admire son titre : *Résistance*.

Elle tend à Georges une feuille imprimée.

– Hélas, une très mauvaise nouvelle. Jacques Lorient a été arrêté. Il venait de rechanger son identité. Les Allemands ont probablement découvert que tous ceux qui possédaient des cartes d'identité où était inscrit : « né en Corse » étaient des nôtres. Jacques s'est fait prendre ainsi. J'ai fait rectifier. Désormais nous recopions les identités de personnes décédées ou de résidents à l'étranger. L'employé de la préfecture est heureusement avec nous. Cependant il y a le lot de cartes précédentes. Il a fallu prévenir un à un les camarades. Quelle grossière erreur ! Quel gâchis… Et Jacques à la Gestapo. Interrogé il ne parlera pas. J'en suis sûre.

Élisa entraîne Georges dans une autre pièce.

Dounia s'assoit à la longue table devant la cheminée. Un jeune homme lui sert une assiette de soupe chaude. Puis un jambon trop salé et un fruit. Il la conduit dans une petite pièce où un lit semble l'attendre. Elle se déshabille. Se glisse dans les draps rêches. Relève le couvre-pied et s'endort immédiatement. Lorsqu'elle se réveille un silence inquiétant comme palpable l'entoure. Seuls les oiseaux appellent, sifflent, semblent se répondre. Se moquent-ils ? Elle se lève, soulève le rideau. La forêt enserre la maison. Des arbres aux feuilles luisantes de pluie semblent vouloir pénétrer dans la chambre. Dounia parcourt la maison vide. Elle sort. Au fond du jardin près d'une tour en ruine la fillette aperçoit

Georges et un jeune homme qui tient un pigeon à la main. Elle les observe. Avance. S'arrête. Sur du papier à cigarettes Georges écrit. Il plie la petite feuille. L'entoure de papier noir, glisse un fil puis attache le minuscule message à la patte du pigeon. Des caresses tendres à la bête, comme des encouragements, des mots que Dounia ne comprend pas. Puis le jeune homme projette le pigeon dans les airs. Libre il bat des ailes, file avec vigueur, s'élève très vite. « Il fait de la résistance à sa manière, pense Dounia. Comme moi. » Les deux hommes le suivent des yeux. Dounia se dirige vers eux.

– Tiens, la Tourterelle ! As-tu bien dormi ? dit Georges.

– J'ai fait un cauchemar, répond-elle d'une voix fatiguée.

– Je ne t'emmènerai plus, coquine.

Tous trois entrent dans le pigeonnier. Au sol crottes et plumes. Une odeur âcre. Le jeune homme qui se nomme Antonio parle avec douceur aux pigeons. Il les caresse, en saisit un, lui murmure des mots câlins. Dounia veut faire de même. Panique. Ils s'envolent tous. Une parole d'Antonio calme les volatiles qui se posent sur leur perchoir ou dans leur nid.

– Il faut connaître les pigeons Dounia, dit Antonio.

– Viens, nous rentrons à Saint-Léon.

Georges dépose Dounia aux Tilleuls. Il bavarde quelques instants avec Grand-Ma et s'éloigne vers la voiture au gazogène poussif.

Après le goûter la fillette se précipite chez tante Thérèse. Elle remarque immédiatement la moto de Claude. Court vers la salle du four. La porte est fermée à clef. Elle frappe. Attend. Frappe encore en disant :

– C'est Dounia.

À travers la porte oncle répond d'une voix autoritaire :

– Tu dois apprendre à ne pas insister. Disparais !

Dounia aide Thérèse à plier le linge. Elle n'ose plus aller vers la salle du four. Traîne. Prend sa bicyclette. Puis demeure sur son vélo, indolente. Elle s'ennuie. Soudain Claude sort de la salle. Elle aime ses yeux bleu pâle, ses cheveux frisés.

– Tu viens faire un tour en moto, Dounia ?

La fillette se précipite. Le moteur pétarade déjà. Elle grimpe sur le porte-bagages. Ils roulent vers le bourg. Ses bras serrent la taille de Claude. Le vent pique. Ils chantent. À la ville Claude lui demande de garder la moto. Sur la grande place bordée de platanes, Dounia s'assoit dans l'herbe. Calme, satisfaite. Soudain une main cache ses yeux. Un paquet de bonbons tombe dans sa robe ainsi qu'une boîte de crayons de couleur. Dounia embrasse Claude.

– J'ai dévalisé l'épicerie. Mais c'est la guerre. Je n'ai trouvé que cela alors qu'une aussi gentille Tourterelle mérite plus et mieux…

A-t-elle bien entendu ? Pour la première fois un autre homme qu'oncle l'appelle ainsi. Une émotion

bizarre l'envahit. Comme un tremblement, un fris-
sonnement.

Claude enchaîne :

— Empruntons le chemin qui longe la rivière. Tu
dois me tenir, te pencher du même côté que moi. Il
y a des nids-de-poule et de brusques virages. Qu'en
penses-tu ?

— D'accord, dit Dounia.

Ils roulent serrés l'un contre l'autre. Ils sautent,
rebondissent et rient. Enfin la route asphaltée et le
village. Dounia descend de la moto, ankylosée.
Tante appelle :

— Grand-Ma te cherche. Cours vite chez toi. Je ne
lui ai pas dit que tu étais partie en moto, mais je lui
ai laissé entendre que tu jouais sur la butte…

Dounia se fait gronder. Grand-Ma peut crier,
menacer, elle ne l'entend pas. Elle a caché les
bonbons et les crayons chez Thérèse. Elle pense à la
promenade et se sait hors de portée. Punie, elle ne
doit pas quitter les Tilleuls. Qu'importe ! Dounia se
sent légère, si légère qu'elle pourrait enjamber les
arbres, s'envoler au-dessus du village… Elle pense à
papa et maman et, pour la première fois, elle n'a pas
envie de pleurer. Lorsqu'ils seront de retour elle
leur racontera…

À la nuit elle grimpe au grenier. Il n'y a personne :
aucune trace. Étonnée, elle n'ose ressortir plus tard,
et s'endort en pensant à Claude.

Le lendemain Virginie Viel vient jouer avec elle. Son père et son oncle sont présents lors des réunions dans la salle du four. Ils doivent être résistants aussi. Dounia interroge :

— Connais-tu un jeune homme qui possède une moto ? Il s'appelle Claude.

— Bien sûr, répond Virginie. Un jour j'ai écouté une conversation entre mon père et Claude. En fait, il s'appelle Vladimir mais il a changé son identité pour échapper aux Allemands. Il y a déjà longtemps qu'il est clandestin.

— Tu sais, dans mon école, il y avait des enfants juifs. Ma meilleure camarade, d'ailleurs, était juive. Eh bien, les Allemands ont obligé tous les Juifs à porter une étoile jaune cousue sur leur vêtement. Tu te rends compte ? Berthe disait qu'elle avait honte d'afficher une étoile, comme cela, surtout que dans l'école on se moquait d'elle… Elle avait peur aussi… Je ne sais pas où elle est maintenant…

Toutes les deux demeurent silencieuses et Virginie rentre chez elle.

Dounia pense à Claude. Elle aimerait lui faire un cadeau. Mais comment ? Une idée lui vient : faire pour lui, avec les crayons de couleur, un grand dessin et le lui offrir.

Dounia demande à Grand-Ma la permission d'aller à la forge. Elle promet d'être de retour, à l'heure exacte, pour le dîner.

Elle court chez tante qui l'emmène au jardin. Là elles s'assoient. Thérèse lui explique que durant quelques jours elle ne doit plus venir à la forge. C'est elle-même qui ira lui donner des leçons aux Tilleuls.

— Il faut que tu demeures auprès de Grand-Ma. Tu dois être hors du groupe. Pour toi, mais aussi pour Georges et les autres. Tu as déjà été trop mêlée à tous ces événements, ajoute tante Thérèse.

— Les Allemands peuvent venir arrêter Georges ? interroge Dounia.

— Oui, ma chérie. Ils peuvent l'emprisonner. Mais ils peuvent aussi arrêter d'autres hommes, d'autres femmes.

— Toi aussi tante ?

— Je ne pense pas, mais on ne sait jamais.

— Puis-je venir une fois par jour, juste pour prendre de vos nouvelles ? demande-t-elle.

— Dans quelques jours seulement, s'il te plaît. Il faut que tu comprennes : nous t'aimons beaucoup, nous souhaitons ta présence parmi nous mais en ce moment nous devons être très vigilants. Une grave menace plane sur le village. Je refuse que tu en sois victime. Afin de nous aider tu dois rester aux Tilleuls, auprès de Grand-Ma. Dès qu'il n'y aura plus de danger tu reviendras déjeuner, dîner, m'aider comme par le passé. Ne nous en veux pas ma petite Tourterelle. Georges est de mon avis. Il veut aussi te savoir à l'abri. Comprends-tu ?

Des larmes coulent sur le visage de Dounia. C'est trop : papa et maman sont loin d'elle. Maintenant oncle, tante, ses amis, Claude, tous sont menacés.

– Je ne peux plus vous aider ?

Tante l'arrête :

– Cette semaine le plus grand service que tu puisses nous rendre est de ne pas quitter Grand-Ma. Ne pleure pas ma douce, tout s'arrangera vite. Les nouvelles sont excellentes. La victoire est proche. Mais soyons prudents. D'accord ? Ce serait trop triste. Nous sommes près de triompher, ajoute tante.

– Oui, Thérèse, acquiesce-t-elle en reniflant.

Elles s'embrassent et Dounia se dirige vers les Tilleuls d'un pas traînant.

Le ravitaillement

Lendemain gris. Que faire ?

Grand-Ma demande à Dounia d'aller chercher le lapin qu'une fermière du hameau lui a promis. Elle saute sur sa bicyclette.

Lors de ses voyages dans la capitale Grand-Ma réussit à acheter des pelotes de ficelle, de la corde et des écheveaux de raphia. À pied, seule ou avec Dounia, elle va de ferme en ferme et propose aux paysans un échange : du beurre, des œufs ou une volaille contre ce matériau indispensable aux travaux des champs pour lier les épis et les bottes de paille. Certains acceptent le troc. Ainsi Grand-Ma ne demande aucune aide. Dounia et elle, bientôt tante Alice et son fils qui viennent habiter avec elles, se nourrissent bien, alors que le ravitaillement est si difficile.

Dounia choisit le chemin le plus long. Elle suit la route des « vergnes » qui zigzague entre les peupliers et les marécages. Passe la rivière sur le vieux pont de pierre. Elle pédale lentement. Au loin la cabane de la sorcière. Ainsi appelle-t-on, dans le village, une vieille femme qui vit seule dans une maisonnette de planches, éloignée de toute habitation.

Dounia aime ce lieu. Un ruisselet coule, sautant de pierre en pierre. Un grand balcon de bois parcourt la façade. Il s'ouvre sur un large ponton qui enjambe le maigre filet d'eau. Sur l'autre rive de petites marches et le chemin de chevrier qui file vers la route. Sur le balcon la vieille femme, toute de noir vêtue, tisse l'osier. Elle fait un signe à Dounia qui lui lance un sonore « bonjour ». Devant elle une corbeille immense comme une jarre dans laquelle elle pourrait se cacher et disparaître. La femme appelle Dounia qui soudain pédale plus vite. Elle jette un regard en arrière. La vieille est ratatinée derrière l'osier. Dounia a l'impression qu'elle essuie ses yeux. Pleure-t-elle ? « Pourquoi ai-je eu peur de cette femme, pense Dounia. Parce qu'on l'appelle la sorcière ? En revenant j'irai lui dire bonjour. Elle semble si vieille, si faible qu'elle ne peut me faire mal. »

Un soir oncle Georges et elle sont passés devant cet endroit. Un brouillard perlé couvrait les environs. À travers une déchirure, des flammes dansaient, éclairant une forme comme un fantôme… Oncle a dit :

– Pauvre Gasparine, seule, à son âge, elle doit être percluse de rhumatismes dans cette humidité. Que de misère !

– J'irai lui parler, décide Dounia.

Elle arrive devant la ferme. Une vaste cour bien propre mène vers une longue maison basse. Des géraniums rouges décorent les fenêtres. Un énorme berger allemand, en liberté, aboie. Elle traverse l'espace, serrant sa bicyclette contre elle, tantôt à gauche, tantôt à droite, afin de se protéger du chien-loup. Le vélo est un excellent bouclier contre l'animal qui la poursuit. Elle frappe. Personne. Tente d'ouvrir. La porte est fermée à clef. Elle se sauve avec ce maudit chien à ses trousses. Vite la route. Elle pédale avec ardeur vers la maison de Gasparine. Le balcon semble désert. Dounia couche sa bicyclette dans l'herbe. Glisse par la sente humide, grimpe sur le ponton. Elle appelle :

– Madame Gasparine, madame Gasparine…

Elle avance sur le balcon. La porte-fenêtre est ouverte. Dounia inspecte : un petit lit de bois, une grosse couette rouge. Sur le bahut une collection de pots de faïence. Une maie. Au-dessus, un pétrin où sont posés des pains. « Gasparine doit pétrir la pâte », pense Dounia.

Sur la table ronde un bouquet de fleurs. Un poêle et des ustensiles qui ressemblent à une dînette. Fleurs, graminées, feuillages pendent et sèchent aux poutres, comme un décor, comme un jardin inversé. Sur le fauteuil à bascule dort un gros chat roux. « C'est une maison de poupée et non une maison de sorcière », pense Dounia. Elle se dirige à

pas comptés vers la deuxième porte. À travers la vitre elle aperçoit des panières, des corbeilles, des couffins de toutes tailles. Des bottes de roseaux sont alignées contre un mur. Dounia appelle encore. Seul un oiseau chante...

Elle quitte le lieu. Marche avec précaution sur la sente de terre humide. Mécontente de ne pas avoir rencontré Gasparine, elle reprend sa bicyclette et pédale vers le village.

Journée tragique

Dounia est inscrite pour passer l'examen d'entrée en sixième. Elle espère réussir. Enfin elle pourra aller au lycée. Elle rêve de rejoindre les grands qui font leurs études. Mais où ira-t-elle ? Dans une ville voisine de Saint-Léon, ou retrouvera-t-elle la banlieue parisienne ? Grand-Ma ne répond pas à ses questions. Tout dépend de la guerre, de son évolution, de sa fin espérée…

Aujourd'hui, tante Thérèse est venue chercher Dounia et l'a amenée à la forge. Elle lui dicte un court texte, l'interroge sur la signification de quelques mots. Joue avec son élève aux fonctions grammaticales. Puis vient le devoir de calcul. Calmement, gravement Dounia cherche la surface d'un trapèze. Elle aime réfléchir, manier les chiffres, être complimentée par tante. Georges entre précipitamment. Comme s'il ne la voyait pas il annonce :

– Nous sommes dénoncés. Le fils de Bernard Fontaine vient de me prévenir. Un ordre est passé à la Kommandantur : les Allemands vont occuper Saint-Léon et d'autres villages environnants afin de supprimer toute résistance... Je dois organiser la fuite de tous les nôtres et transporter les armes hors des habitations.

– Georges, prends soin de toi aussi. Pour les armes, une seule solution : cette nuit, dans le cimetière...

Oncle enchaîne :

– Dounia, peux-tu aller prévenir Marcel ? Il y a réunion exceptionnelle, ici, à 18 heures. C'est très sérieux. Qu'il vienne immédiatement. Merci, Tourterelle.

Elle ne perd pas une minute. Sur sa bicyclette, fougueuse, obstinée, ardente, elle grimpe vers la ferme du château. Avant l'habitation elle rencontre Marcel et lui transmet le message. Il court prendre son vélo. Suit Dounia...

Salle du four. Tous les hommes sont présents. Dounia n'assiste pas à la réunion. Elle aide tante à préparer des sandwiches. À la tombée de la nuit la camionnette de la laiterie vient chercher tous les jeunes gens. Claude lui tape sur l'épaule et dit de sa voix chaude :

– Bon courage Dounia, tout s'arrangera vite...

Il disparaît avec les autres. Seuls les trois habitants du village, Georges, Marcel et Joseph, sont restés. Dounia a cru comprendre que durant la nuit ils vont s'occuper des armes qui sont entreposées dans une grange de la ferme des Viel. Dans la maison vide Dounia, tante et ses grands parents grignotent quelque nourriture.

Ce soir personne ne l'a envoyée chez Grand-Ma. L'affolement est si général qu'on semble l'avoir oubliée. Elle s'est alors sentie si nécessaire, faisant partie de l'organisation, de la lutte.

Grand-Ma, qui ignore tout, avait permis qu'elle dîne à la forge. En revanche, Dounia avait promis de rentrer de bonne heure. Elle va être grondée. Alors pourquoi ne pas s'attarder, rôder, tenter de voir ce que font Georges et les deux autres… Elle passe devant la ferme des Viel et n'aperçoit qu'une petite lumière derrière les rideaux. Dounia écoute : aucun bruit. Pas de voix, pas de vie. Seuls ses pas résonnent lorsqu'elle monte vers le cimetière… Là-bas une torche s'agite. Elle avance encore. Se cache. Une silhouette pousse une brouette. Pénètre dans l'allée principale du cimetière. Des bruits mats se mêlent à des chuchotements. Dounia comprend les paroles de tante. Les armes des parachutages, entreposées dans la grange des Viel, sont transportées dans des brouettes et cachées dans les tombes. Elle n'a pas vu Georges. Où est-il ?

Dounia rentre chez elle. Grand-Ma ronfle. Elle se couche mais ne peut s'endormir. « Que va-t-il arriver ? Auront-ils le temps de dissimuler toutes les armes ? Les Allemands vont-ils arrêter les habitants du village ? Lui poseront-ils des questions ? Saura-t-elle rester muette ? Lui feront-ils mal ? » Elle se tourne et se retourne dans son lit. Croit entendre crisser une roue sur le chemin… Dounia pense à toutes les menaces qui pèsent sur le village. Elle ne s'endort qu'au petit matin. Épuisée.

À son réveil le cauchemar ressurgit : « Nous sommes dénoncés. » Elle saute du lit. Grand-Ma est à la fenêtre. Devant la maison deux soldats allemands.

– Que se passe-t-il Grand-Ma ?

– Le village est cerné ; toutes les issues sont gardées ; les habitants surveillés. Des camions allemands barrent les routes, paraît-il. Des policiers ferment les ruelles.

Dounia sort. Une odeur d'incendie. De hautes flammes s'élancent à travers le toit de la grange, chez les Viel. En bas du chemin des camions gris et un groupe de soldats allemands ferment la voie. Grand-Ma s'approche, prend la main de la fillette et la ramène vers l'intérieur de la maison. Dounia a compris. Les Allemands cherchent des armes. Impossible d'avaler le petit déjeuner.

Il faut qu'elle aille au grenier vérifier l'absence de résistants. Ici, les cabinets sont à l'extérieur. Elle prétexte un pipi et se faufile. Vite elle grimpe à l'échelle. Ouf, le grenier est vide. Ils ont tous fui. Sauf oncle et les deux autres villageois. Elle entend des cris. Des hurlements. Des plaintes. Un sursaut.

C'est la voix de Georges. Elle l'a reconnue. Certaines lamentations ont l'accent rauque de Georges… Que se passe-t-il ? Dounia court interroger Grand-Ma qui n'a aucune information. Dans l'odeur piquante de paille brûlée, des escarbilles se répandent. L'incendie fait rage. Au loin les cris cessent puis reprennent. D'une voix plaintive Dounia murmure à Grand-Ma :

— Ils vont tuer Georges. J'en suis sûre. Viens.

Elles veulent franchir le portail. Un soldat allemand intervient et dit :

— C'est défendu de quitter les maisons. *Verboten*.

Tante Alice les entraîne vers l'intérieur.

— Je vais aller à travers les jardins… jusque chez les Viel. Dounia a raison : c'est Georges qui crie…

Elle enjambe la fenêtre de la chambre et disparaît dans le verger. Dounia soupire. Jamais elle n'a été aussi malheureuse, et prisonnière de surcroît. Grand-Ma a perdu son calme habituel. Elle peste contre les Allemands. Tante Alice revient.

— Les nouvelles sont catastrophiques. La Gestapo a arrêté Georges, Marcel et Joseph. Ils ont été battus dans la rue, car ils n'ont pas voulu avouer où se cachent les autres résistants du réseau. Tous les hommes du village sont alignés sur la place. Père Séguin est parmi eux malgré son grand âge. Les Allemands ont incendié la grange pensant que les armes y étaient cachées. Il n'en est rien. Aucune aide n'est possible.

Dounia se raidit dans son chagrin. Elle sort. S'assoit sur la marche, devant la porte. Le soleil chauffe. « Une insulte », pense-t-elle.

Elle n'entend plus de cris. « Oncle est mort. Ils l'ont tué. Il n'a pas avoué, il a refusé de dénoncer ; j'en suis certaine. Et moi, s'ils me posaient des questions aurais-je la force de résister ? Je demeurerais muette. » Mais elle sent la peur l'envahir. Elle entre dans la maison, va droit dans la chambre et se couche.

Roulée en boule dans son lit elle pense à oncle, à père Séguin, à Thérèse qui a vu, entendu les souffrances de son mari… Vont-ils l'emmener elle aussi ? Dounia veut devenir une pierre, un rocher compact. Elle ne veut plus sentir les tiraillements de douleur… Ne plus entendre la voix d'oncle, ses plaintes qui sonnent dans les oreilles… « Pourquoi n'a-t-il pas fui ? Pourquoi demeurer au village ? Et si les Allemands connaissaient le secret du cimetière… découvraient les armes… » Dounia se lève :

– Grand-Ma, nous devons aller chez tante Thérèse. Viens avec moi, s'il te plaît…

Elle se précipite vers la porte. Grand-Ma la suit. Dehors elles regardent le chemin. Des soldats vêtus d'uniforme vert-gris, bottes noires, brillantes, armes menaçantes, vont et viennent. Au soldat qui garde le portail Grand-Ma explique :

– Mon fils, le père de la petite, est prisonnier en Allemagne. Je garde l'enfant, sa mère est malade.

Elle montre l'incendie.

— La guerre est dure, ajoute-t-elle.

Alors, dans un français hésitant, il chuchote :

— Partez, partez avec les enfants, tous, quittez les maisons. Nous allons mettre le feu au village. S'il y a des armes nous tuons, nous tuons tout. Partez, partez…

Grand-Ma rentre vite. Prévient tante Alice. Elle plie des couvertures, les met dans une valise avec quelques vêtements chauds. Alice habille son petit garçon.

— Passe-moi quelques provisions, demande Grand-Ma.

— N'oublie pas les adresses de papa et de maman, ajoute Dounia.

Tous quatre enjambent la fenêtre qui donne sur le verger. D'autres, comme eux, se sont précipités vers les champs. Sur la colline qui surplombe le village le groupe reprend souffle. Dounia préfère fuir, fuir, fuir ces soldats qui risquent de l'interroger. FUIR… Elle regarde au loin les habitations… Tout semble s'être évanoui. Il n'y a plus trace de drame. Peut-être a-t-elle rêvé ? Un silence doux les entoure. Une abeille bourdonne. La chaleur emplit, déborde dans la campagne. Alors l'enfant d'Alice ouvre une valise, la renverse. De vieilles chaussures, des sabots usés, des chaussons troués, appartenant aux locataires précédents, se répandent sur le sol. Dounia est emportée par un rire incontrôlable. Grand-Ma sourit et hausse les épaules. Alice gifle fortement le gamin pour cette innocente farce. Il les avait vues faire les bagages. Il les avait imitées.

Abandonnant valise et souliers divers, la mère entraîne l'enfant qui sanglote. Grand-Ma et Dounia suivent. Les deux femmes décident d'attendre le soir, à l'orée d'un petit bois. Assise dans l'herbe Dounia se sent fatiguée, lourde, énorme… Elle pose sa tête sur la jambe de Grand-Ma. Elle a mal au cœur. Une anormale pesanteur… Qui étouffe… Qui monte dans la gorge, dans la tête… Elle pense à papa, à maman, à Georges, à tous les secrets qu'elle ne peut dire à personne : les messages, les armes, le cimetière… Elle pleure doucement… Puis elle sanglote longtemps… Comme si une mine inépuisable de chagrin était enfouie en elle… Grand-Ma la console tendrement. La serre dans ses bras, la berce… Elle se sent mieux.

La nuit tombe. Grand-Ma propose de se rapprocher du village. Bientôt elles distinguent les toits des maisons tels qu'elles les ont quittés. Plus près, elles entrevoient le mur calciné de la grange. Elles approchent. Calme du soir. Une chouette hulule. Elles traversent le verger. Enjambent la fenêtre. Grand-Ma et Dounia se précipitent vers la fenêtre qui donne sur le chemin. Les Allemands ont disparu.

– Je voudrais aller chez oncle Georges, dit Dounia.

– Je t'accompagne, répond Grand-Ma.

Elles passent devant les murs détruits de la grange. Au sol, un tapis de tisons encore rouges. Une odeur écœurante. La place est vide. Personne dans les rues. Personne. La maison de Georges et de Thérèse est déserte. Un appel ; c'est la voix de tante.

Tous sont réfugiés dans le grenier situé au-dessus de la forge. La confusion règne. Chacun parle. Grand-père raconte. Tante gémit. Grand-mère crie. Dounia comprend enfin.

Le matin, à 6 heures, les hommes de la Gestapo frappent et hurlent à la porte. Oncle vient de se coucher. Tante ne s'est pas encore assoupie. Elle voulait qu'il fuie. Il préférait rester afin que ce ne soit pas elle qu'on arrête. Il disait : « Les Allemands n'auront rien à me reprocher. »

Immédiatement ils l'emmènent. Dans chaque maison les hommes sont pris, rassemblés le long du mur blanc, sur la place. Très vieux et jeunes adolescents : une rangée de vingt hommes. Oncle Georges, Marcel et le jeune Joseph sont battus. Interrogés régulièrement ils doivent avouer où sont cachés les autres résistants, dire où sont entreposées les armes, donner les dates et les lieux des parachutages. Tous trois nient appartenir à la Résistance.

Alors, un colonel de la Gestapo ordonne de les battre à coups de fouet.

Tante sanglote. Elle ajoute :

– Je ne pouvais plus regarder. Je me suis réfugiée

ici, dans le grenier, avec maman. Dans l'après-midi, vers 3 heures, je n'ai plus entendu de cris, alors je suis descendue. Georges, Marcel et Joseph avaient disparu. Sur la chaussée il y avait une large tache de sang. Sur la place les vingt hommes attendaient toujours silencieusement, sous le soleil. Georges a été battu plus que les autres. Georges est mort j'en suis sûre !

– Non Thérèse, dit énergiquement Grand-Ma. Les Allemands préfèrent le garder vivant comme otage. Demain nous irons aux nouvelles à la Kommandantur. Je vous accompagnerai. Pourquoi ne pas rentrer à la maison ? ajoute-t-elle.

Grand-mère Eugénie enchaîne :

– Les Allemands vont revenir et tuer tous les habitants de Saint-Léon.

Une voisine appelle. Tante lui fait signe de monter au grenier. Elle affirme qu'il faut quitter le village.

– Les Allemands ont laissé des obus qui explosent à retardement. Je les ai surpris déposant des bonbons et des sucres empoisonnés dans les tiroirs. Nous devons tous fuir.

Tante pense que ce grenier est le meilleur refuge pour la nuit.

Père Séguin explique qu'à la dernière guerre il a vu des colis piégés, des bombes à retardement et qu'il faut être attentifs et méfiants à l'égard de tout objet bizarre…

Grand-Ma tente d'apaiser les esprits mais un autre voisin entre, porteur de nouvelles alarmantes : le village est peut-être miné... Alors Grand-Ma affirme qu'il ne faut pas céder à la panique. Ce ne sont que des rumeurs provoquées par la peur... Elle décide de rentrer aux Tilleuls avec Dounia.

– Demain, Thérèse, nous irons aux nouvelles. Pourrez-vous trouver un cheval et une charrette ? Sinon nous irons à bicyclette.

– Je m'en occupe, répond tante en essayant de cacher ses pleurs.

Grand-Ma et sa petite-fille marchent vers leur maison. Dounia pense : « Terminé, mes promenades solitaires, la nuit... Et puis, à quoi bon... »

Des braises rougeoient encore au centre de la grange détruite. Le vent porte une odeur d'incendie. Dounia interroge Grand-Ma :

– Est-ce vrai les bombes à retardement, les bonbons et les sucres empoisonnés ?

– Je ne crois pas, ma chérie. Mais ces gens ont eu très peur. L'un invente une menace, l'autre la raconte... Ainsi croît la panique... Ainsi augmente l'effroi. Cette journée a été un choc pour eux, pour tous. Fais-moi confiance : le danger est fini. En revanche, nous devons obtenir des nouvelles de Georges. Si chaque famille décide d'enquêter nous réussirons peut-être à connaître leur lieu de détention. Nous pourrons les défendre ; leur faire parvenir du ravitaillement et des vêtements.

– Es-tu sûre que Georges ne soit pas mort, Grand-Ma ?

– Oui, ma Dounia. L'être humain est fort. Il résiste plus que l'on ne croit. Georges est robuste. Je crains plus pour Joseph car il n'a que dix-huit ans. Georges et Marcel sont des hommes mûrs. Ils auront plus d'astuces, plus de résistance pour tenir devant l'ennemi. Joseph est malingre et fragile. Demain nous saurons, Dounia.

– Pourquoi n'ont-ils pas fui, ils…

La fillette s'arrête net. Grand-Ma, comme si elle ne l'avait pas entendue, poursuit :

– J'ai quitté la ville sans prévoir qu'à la campagne d'autres dangers pouvaient subsister… Que vienne vite la fin de cette guerre…

À la maison tante Alice interroge. Grand-Ma raconte. Dounia écoute. Mais Grand-Ma lui demande d'aller se coucher.

Dans le lit elle pense à Georges. Entend encore ses cris, et pleure.

À la recherche de nouvelles

La tristesse est tombée sur le village. Sur Dounia.
Tante et Grand-Ma se sont présentées à la Kommandantur avec un colis de nourriture et des vêtements pour Georges. Après une journée d'attente
l'administration allemande a fait dire qu'oncle était
dans un camp de triage. Départ prochain pour l'Allemagne. Tante a insisté pour qu'on lui transmette
une lettre et un colis. Le fonctionnaire a tout gardé
mais est resté évasif quant à la distribution. Chaque
jour Thérèse parcourt plus de quarante kilomètres
à bicyclette avec l'espoir d'avoir des nouvelles…
Voir son mari, ne serait-ce que quelques minutes…
Savoir qu'il est vivant, le toucher, l'embrasser…
Debout, elle attend deux ou trois heures… L'employé
finit toujours par dire la même phrase : « Aucune
liaison avec le camp aujourd'hui. »

Tante s'entête. Un après-midi elle propose à
Dounia de l'accompagner à la ferme de l'Étang. Elle
souhaite avoir un contact avec des résistants. Toutes
deux pédalent sous un soleil brûlant. Tante porte

une veste bleue, ajustée, et une grande jupe blanche, flottante. Aux pieds elle a mis des chaussures rouges à semelles compensées, en bois, articulées, et un petit sac rouge en bandoulière. Georges lui avait offert cet ensemble quelques jours avant son arrestation et avait dit : « Autant que les Allemandes n'auront pas… » Elles atteignent le chemin dans les sous-bois. Tante hésite. Dounia guide. Elles abandonnent les vélos et marchent silencieusement.

Thérèse pense à son mari. Dounia revoit la soirée à la ferme de l'Étang, Élisa, le pigeonnier…

Un homme armé garde les lieux. Tante pénètre dans la maison. Dounia court voir les pigeons. Il n'y a que quelques oiseaux qui roucoulent. Personne ne semble s'occuper d'eux.

Dounia souhaite entrer dans la maison. Mais le gardien, mitraillette sur l'épaule, le lui interdit. La fillette s'assoit à l'ombre et attend. Décidément tout a changé. Tante sort. Des chemins de larmes parcourent son beau visage. Avec un petit peigne elle réajuste les crans que font naturellement ses cheveux blonds. Dounia lui prend la main et l'interroge :

– Quelles nouvelles ?

– Il semble que Georges soit dans le camp le plus dur, gardé jour et nuit, inaccessible. Impossible d'aller le délivrer… Ce camp est situé en bordure de l'Yonne. Sa seule chance d'évasion c'est le fleuve. Une nuit sombre il peut se jeter à l'eau,

nager longtemps et passer le barrage. Mais Georges est un mauvais nageur et plusieurs évadés ont été retrouvés noyés, à l'écluse. Pourvu qu'il ne tente pas cette aventure. J'ai peur, Tourterelle.

Thérèse sanglote. Dounia l'embrasse. Elles reprennent les vélos et se dirigent vers Saint-Léon.

L'examen

Un mois plus tard, Dounia passe son examen d'entrée en sixième.

La bicyclette de Dounia est cassée et le mécanicien de Sommemors ne vient qu'une fois par semaine. Grand-Ma et sa petite-fille se dirigent vers le bourg, situé à cinq kilomètres. Elles marchent prestement dans le petit matin. Toutes deux sont perdues dans leurs pensées. Dounia se revoit sur la moto de Claude. Là-bas la vallée et ses vergnes. Le long de la rivière court le chemin parsemé de nids-de-poule dans lesquels ils sautaient en riant… Elle avait caressé ses cheveux moutonneux…

Elle n'appréhende pas l'examen mais la rencontre avec les enfants de l'école de Saint-Léon peut être désagréable. Vont-ils se moquer d'elle ? Peu importe, elle leur répondra. Elle se sent différente, endurcie… Réussira-t-elle l'examen ? Depuis bientôt un an elle a abandonné l'école. Tante lui a enseigné le calcul, le français, l'histoire, la géographie.

Ce qu'elle préfère, c'est suivre sur la carte du monde l'avance des troupes alliées. Dounia déplace les petits drapeaux et tante nomme les villes, situe les pays. Ainsi elle se souvient aisément des noms. Dounia a également appris des poésies qu'elle récite à grand-mère le soir. Les jours de pluie elle a lu et relu les quelques romans, les contes que tante Alice lui a offerts à ses retours de Paris. Elle aime se raconter certains passages : la petite fille perdue dans la forêt… soudain une lumière au loin… une maisonnette… à l'intérieur pleure une femme, étrangement jeune, étrangement belle… la fillette est surprise devant un tel chagrin… la femme entre deux sanglots explique : un aigle immense lui a volé son enfant… La fillette la console… lui propose de partir avec elle vers la haute montagne… à la recherche de tous les nids de rapaces… ainsi retrouveront-elles peut-être le bébé… elles errent sur un plateau désertique… arpentent le flanc abrupt d'un pic… au sommet des cris d'enfants…

Grand-Ma et elle traversent la petite ville. L'école est là, près de la place herbue où Dounia attendait Claude un lointain après-midi… Grand-Ma l'embrasse tendrement. Elle semble plus éner-vée que sa petite-fille. Les enfants piaffent. Coup de sifflet. En rang. Noms jetés. Dounia Fromont. « Présente ! » Elle pénètre dans la salle de classe, s'assoit calmement à la place désignée. Deux pro-blèmes clairs et faciles. Dounia s'amuse à compter. Réfléchit, vérifie, recopie… Puis une dictée plus compliquée. Comment s'écrit : « étalon », avec un ou deux L ? Une ou deux ailes… C'est Pégase, le cheval ailé… Questions grammaticales : complé-ments, prépositions… Sans grande difficulté… Rédaction : résumez une de vos meilleures journées. Embarras. Dounia prend la décision de raconter le dernier Noël, en présence de papa et de maman. C'était avant la guerre…

Elle sort vers 13 heures. Grand-Ma interroge.

– Je suis contente. C'était facile. J'ai su répondre à toutes les questions.

À tante elle montre ses brouillons. Thérèse affirme :

– Calcul et Français sont satisfaisants. Je te félicite Dounia. Et elle affirme : tu seras reçue.

Seule Dounia garde un doute… « On ne sait jamais… »

Une semaine plus tard c'est tante qui l'accompagne. Sa bicyclette est réparée et toutes deux pédalent rapidement. Elles posent les vélos devant l'école. Le cœur de Dounia bat précipitamment. Sur la liste son nom est inscrit. Elle est autorisée à aller au lycée. À Joigny ou à Paris ? Personne ne sait… Elle relit plusieurs fois son nom afin d'être certaine d'avoir réussi l'examen. La joie pétille en elle.

– Comme Georges serait heureux, dit tante Thérèse.

La tristesse soudain envahit Dounia. Elle pense : « Georges est déporté. Papa est prisonnier en Allemagne. Maman est malade dans un pays lointain. Nous sommes sans nouvelles… Impossible de dire, de crier, de hurler… « Je suis reçue… Je suis reçue… Je suis reçue. » À qui ? Pourquoi ? C'est pour eux trois qu'elle souhaitait avoir son nom inscrit sur la liste…

Pourtant sur le chemin du retour Dounia sent en elle un contentement, une joie diffuse… « Est-ce cette réussite alors que l'instituteur avait affirmé à Grand-Ma, paraît-il, qu'elle échouerait ? Est-ce cette phrase de tante Thérèse : "la guerre sera bientôt finie et tous nos hommes seront de retour, ta maman aussi reviendra guérie…" Est-ce l'échec de Pierre qui se moquait d'elle comme les autres garçons… » Aujourd'hui Dounia se sent légère, aérienne comme autrefois… avant l'arrestation d'oncle.

Salle du four. Tante et grand-mère écoutent la radio clandestine. Les nouvelles sont excellentes : les troupes alliées approchent. Depuis le débarquement elles gagnent du terrain. La défaite allemande est certaine. Aujourd'hui le port de Cherbourg est repris aux Allemands qui fuient. Les armées alliées venant du sud de la France et celles qui luttent en Normandie vont bientôt réussir à se rejoindre. Enfin…

La gifle

Quatre heures de l'après-midi. Un tank américain entre à Saint-Léon. Les troupes alliées sur la place. Victoire… Les Allemands sont chassés…

Tante Thérèse appelle Dounia :

— Cours mettre ta plus jolie robe, Tourterelle. Je coupe des fleurs dans le jardin. Reviens rapidement.

Dounia obéit. La maison est déserte. Elle enfile sa robe écossaise. Trop courte. Tente de faire un gros nœud dans le dos. C'est difficile. Elle se regarde dans la glace : yeux étonnés ; boucles rousses ; visage rond. « Pas belle », pense-t-elle, se faisant une grimace. Elle abandonne son image et court vers la place où était le tank. Thérèse l'attend. Dans ses bras elle dépose une gerbe de dahlias rouges. On l'entraîne vers l'arrière du tank. Un paysan la hisse. En haut le soldat lui sourit. Dounia lui tend les fleurs. Il les prend en riant et l'embrasse bruyamment.

Elle ne comprend pas ce qu'il lui dit. Un autre soldat sort de la tourelle et lève les bras en faisant le
geste de la victoire… Tous les villageois applau-
dissent. Dounia se sent un peu sotte. Elle souhaite
descendre. Elle se tourne vers le paysan. Il l'attrape.
Elle saute. Grand-Ma est devant elle. Visage con-
tracté de colère. Yeux secs et sombres. Son bras se
tend. Une gifle, deux gifles…

— Rentre immédiatement à la maison. J'en ai assez
de tes exhibitions.

Dounia marche à grands pas vers les Tilleuls. Son
cœur bat au rythme de sa fureur. « Je ne sais pas ce
que veut dire : exhibition. Et moi j'en ai assez des
adultes. Ils n'expliquent rien. Les Américains vont
faire cesser la guerre. Pourquoi Grand-Ma est-elle
furieuse ? Qu'ai-je fait ? »

Portes qui claquent. Dounia se déshabille et se
couche. Bientôt elle entend Grand-Ma qui s'active
dans la pièce voisine. « Si elle approche je ferme les
yeux », pense-t-elle. Dormir, ne se réveiller que
lorsque maman, papa, Georges, Claude seront près
d'elle… Ils murmureront son prénom… Doucement… Dounia… Elle ouvrira les yeux… Sourira…

Personne… La chambre est vide… À côté Grand-
Ma prépare l'orge au goût amer qui remplace le
café. Elle tape régulièrement sur la cafetière avec
une cuillère afin que l'eau passe à travers le filtre.
Lorsqu'elle entrouvre la porte Dounia feint de

dormir. Elle ne veut plus jamais lui adresser la parole. « Comment a-t-elle pu me gifler le jour de la victoire ? Les Américains ne vont-ils pas, avec les Anglais et les Français de la Résistance, libérer notre pays de la présence allemande ? Ce sont les Allemands qui gardent papa. Ce sont eux qui ont déporté Georges. À cause d'eux maman n'a pu être soignée en France. Ils torturent, ils arrêtent, et Grand-Ma me gifle parce que j'offre un bouquet à un soldat allié... Ce n'est pas moi qui l'aie embrassé, c'est lui qui a commencé... Les adultes sont injustes... Grand-Ma est imprévisible... Tantôt trop gentille, elle me câline tout le temps, tantôt trop sévère, elle me gronde sans raison.

Dounia s'endort par cette fin d'après-midi, pendant que Saint-Léon fête la victoire.

La nuit est tombée lorsqu'elle s'éveille. Grand-Ma est assise à son chevet.

– Veux-tu dîner ? lui demande-t-elle doucement en se penchant vers elle.

– Non, je n'ai pas faim.

Elle se lève et s'habille.

– Que fais-tu ma chérie ? interroge Grand-Ma.

– Je pars chez tante.

– Il est trop tard. Ils vont être couchés.

– Ainsi je ne verrai plus l'armée de libération.

– Sois raisonnable...

Mais Dounia claque la porte. Coupe par la grange

en ruines. Sur la place le tank a disparu. Ne restent que des fleurs fanées. Çà et là des dahlias rouges aux pétales brisés… Le village semble vide. Chez tante il n'y a personne. Alors elle contourne la forge. Passe devant l'école. Lui fait un pied de nez et poursuit son chemin vers le cimetière. Elle s'arrête le long du mur moussu. S'adosse à la pierre et ses doigts se mêlent aux menues fougères. Une silhouette apparaît. Elle reconnaît Grand-Ma.

– Viens mon puceron.

Dounia la suit sans parler. À la maison elle se couche immédiatement.

– Bonsoir ma prune, dit Grand-Ma.

La fillette bougonne :

— Bon-soir.

En cherchant le sommeil Dounia pense à Saint-Léon, village endormi qui cache des chagrins, des mystères, des airs de fête parfois… Mais aujourd'hui la fête n'est pas pour elle…

Retour

Chaque soir, chez tante Thérèse, Dounia écoute la radio. Les combats pour la libération de Paris ont commencé. De temps à autre un soldat allemand en fuite est arrêté et fusillé. Tante désapprouve.

– Il faut les faire prisonniers, dit-elle.

Quelques chefs qui ont revêtu l'uniforme et se battent aux côtés des troupes alliées rendent visite à tante. Dounia ne connaît pas ces personnages importants. Ils parlent du courage de Georges, de la victoire prochaine, et des punitions à infliger à ceux qui ont collaboré avec l'ennemi.

Père Séguin a trop de travail à la forge. Il est devenu totalement sourd. Grand-mère Eugénie le rudoie. Il ne répond pas. Semble perdu dans ses pensées. Thérèse dit que pour lui aussi la guerre est dure. Il se fatigue. À son âge il a droit au repos.

Le chagrin a envahi la maison. Un soir le speaker annonce, dans l'euphorie, la fin des combats dans la capitale. Paris est libéré. Musique. Dounia court prévenir Grand-Ma. Tante Thérèse invite toute la famille à dîner. Dounia se sent légère. Elle aide, rieuse… « Une soirée comme autrefois… Non ! Oncle est déporté. Il n'y a plus de lettres de maman, plus de nouvelles de papa. On annonce de violents bombardements sur les villes allemandes. Ceux qui sont dans ce pays, prisonniers, seront-ils aussi victimes de ces raids aériens ? » s'interroge-t-elle.

Quelques jours plus tard Grand-Ma décide de rentrer avec sa petite-fille vers la capitale. Père Séguin a obtenu un cheval et une charrette et Thérèse les conduit à la gare de Joigny. Depuis hier les Tilleuls ont été rendus à leur propriétaire. Dounia se questionne. « Aimait-elle cette maison ? Belle et

blanche, avec ses deux grands arbres odoriférants. La grange et son grenier, repaire de ses amis, l'écurie abandonnée, la petite fontaine près de la bergerie...

Un soir, revenant d'un village où elle avait été chercher du lait, sa bicyclette avait buté contre une pierre. La bouteille s'était brisée et elle avait voulu la rattraper. Alors elle s'était ouvert profondément la peau, sous le pouce... Elle avait pédalé avec ardeur. Son sang coulait. Elle s'était précipitée chez Grand-Ma qui l'avait accusée de mentir. Dounia était sortie en claquant la porte. Avait ouvert le robinet et glissé sa main sous l'eau froide. Le sang se mêlait à l'eau. Sa peau tressautait. La fillette ne souffrait pas. La colère l'avait envahie. Grand-Ma, calmée, lui avait mis de l'alcool et un pansement. La main bandée, elle avait couru chez tante lui raconter sa mésaventure.

Elle regarde la cicatrice. La peau boursoufle encore... Un souvenir des Tilleuls. Un souvenir de Saint-Léon... Comme les boucles chaudes de Claude... La salle du four et les messages... La ferme de l'Étang, les pigeons...

Dounia monte dans la charrette.

Ses jambes sont longues et maigres. C'est la guerre et il n'y a plus de tissu. On ne peut acheter ni vêtements ni souliers. À la robe de Dounia, Grand-Ma a rajouté deux volants de couleurs différentes. On dirait un clown... Lorsque les garçons du village la croisent ils l'appellent « la grande gigue ». Serge l'a surnommée « la quille ». Pierre la traite d'asperge… Elle les déteste.

Ses souliers à semelles de bois la serraient tant que Thérèse lui a fait cadeau d'une paire d'espadrilles. Elles sont trop grandes. Elle les perd à chaque pas.

La charrette traverse la voie ferrée. Grand-Ma et elle sont arrivées à la gare de Saint-Léon il y a plus d'une année. Elle suit du regard le chemin qui serpente le long des vergnes, qui longe la rivière… Avec Claude elle roulait à moto… Ses cheveux doux… Sa voix agréable… « Où est-il ? Dans les combats ? A-t-il été blessé ? Non. Il dirige les troupes qui ont libéré Paris. Le reverra-t-elle ? S'il passe à Saint-Léon demandera-t-il son adresse ? Aura-t-il envie de la revoir ? » Au trot du cheval elle parcourt ce paysage si connu. Ici un beau chêne. Là-bas la ferme abandonnée et l'arbre creux où elle aimait se cacher. Près de la rivière l'unique saule pleureur, large bouquet argenté qui contraste avec les peupliers, flèches verticales, hautes et stupides. « Aussi stupide que moi », pense la fillette qui se sent soudain bizarre. Elle se retourne. Un dernier coup d'œil à Saint-Léon. Ressurgit la journée du drame. Les plaintes d'oncle, la grange brûlée et la suite fade de jours tristes…

Elle est fâchée. Fâchée contre Grand-Ma qui l'a giflée à l'arrivée des premiers Américains. Elle se sent fâchée contre tous ceux qui menacent, tous ceux qui prolongent la guerre… Elle a grandi, elle a vieilli aussi. Sans cesse les clients de la forge disent à tante :

– Quelle grande fille vous avez…

Est-ce le chagrin qui envahit, qui fait vieillir ? Elle a mûri. Elle sait enfermer sa peur et faire comme si elle était invincible. Elle sait aussi oublier de penser, s'absenter… Demeurer là, inerte, indifférente, étrangère à elle-même. C'est alors que Grand-Ma la prend dans ses bras.

– Dounia, ma douce, tout va s'arranger… À quoi penses-tu ? Que signifie cet air triste ?

– Pourquoi m'as-tu giflée le jour de l'arrivée de l'armée de libération, Grand-Ma ? Avais-je fait quelque chose d'interdit ?

– Pardon, répond lentement Grand-Ma. Mais cette soudaine explosion de joie des habitants m'a mise hors de moi. La guerre n'est pas terminée. Il y a encore tant de souffrance. Je n'ai pas supporté. Sais-tu qu'à la dernière guerre, le 11 novembre 1918, tous les Parisiens chantaient la victoire. Seule je pleurais. Je pleurais tous les morts. Ces jeunes gens qui avaient été tués. Les blessés, les mutilés. Les familles éclatées, les orphelins. Que de chagrin ! À cette guerre j'avais perdu mon mari, mon frère, un neveu de vingt ans… Ton père, Georges sont loin… Nous n'avons plus de nouvelles de ta maman. Aujourd'hui je suis inquiète.

Dounia, ce bonheur fugitif m'a semblé injuste, inhumain. Je n'ai rien contre les soldats courageux qui libèrent notre pays mais demain ils seront peut-être tués, eux aussi.

— Alors, justement, il faut leur offrir des cadeaux, des fleurs, Grand-Ma.

— Tu as raison. Ne m'en veux pas. Je suis trop vieille.

— Moi aussi j'ai vieilli Grand-Ma…

Et elles poursuivent silencieusement leur chemin. Joigny fête sa libération. Des adieux rapides à tante Thérèse, et un train surchargé les emmène vers Paris.

Toutes deux retrouvent avec joie un pavillon intact. Il a échappé aux bombardements et les Allemands ne l'ont pas réquisitionné comme le craignait Grand-Ma. Mais il n'y a plus de courrier. Aucune lettre de maman, aucune nouvelle de papa.

Septembre 1944.
Plusieurs lettres arrivent de Suisse. Maman a été opérée. Elle se porte de mieux en mieux. Une longue convalescence lui est nécessaire mais, pour la première fois, elle envisage son retour au printemps prochain.

Fermé pendant la guerre, le lycée de la ville ne rouvrira pas cette année. Dounia espère que Grand-Ma acceptera de l'inscrire au lycée de la ville voisine.

À une petite demi-heure de la maison ; il y a le train, et lorsqu'il fait beau elle peut y aller à vélo. Mais Grand-Ma refuse.

— Je ne veux pas prendre cette responsabilité en l'absence de tes parents.

— Grand-Ma, je m'ennuie. Je voudrais entrer en sixième. J'ai onze ans. Je serai très prudente.

— Impossible, répond-elle, catégorique. C'est trop loin. Tu continues à l'école communale près de la maison. Tu entres dans la classe du certificat d'études.

Dounia écrit à maman. Celle-ci lui répond de patienter. Elle ne peut, de si loin, prendre des décisions et lui demande d'obéir à Grand-Ma.

Elle peste. À quoi bon avoir réussi l'examen... À quoi bon avoir grandi, avoir vieilli... Décidément personne ne la comprend... Dounia attend la fin de la guerre, contenant mal son impatience et sa colère.

Avril 1945.

La cloche sonne. Dounia ouvre la petite grille. PAPA ! Un père hirsute et amaigri qui l'embrasse. Sa joue pique. Il parle et Dounia a l'impression de sombrer dans sa voix si chaude, si tendre. Grand-Ma pousse un cri de joie. Précipitation, embrassades, heureuses retrouvailles. On téléphone à maman. Dounia aperçoit une larme qui glisse le long de la joue de son père. Elle s'assoit sur ses genoux et le serre fort dans ses bras. Maman rencontre prochainement les médecins et demande à quitter le sanatorium. Elle est presque guérie. Dans quelques jours Dounia et son père partiront la chercher et ils seront enfin réunis.

Mai 1945.

Après avoir passé deux semaines de vacances heureuses dans les montagnes suisses, entre son père et sa mère, Dounia est de retour à la maison. Il a été entendu qu'à la rentrée scolaire elle irait au lycée.

Le pavillon retentit de bruits joyeux : le rire en chapelet de maman, les appels de papa qui perd tous les objets et, dans la cuisine, le chant de Grand-Ma.

Mais un soir Thérèse surgit, les yeux rouges. D'un trait elle dit :

— Georges est mort à Buchenwald, au camp d'extermination, ainsi que Marcel Viel et Georges Dasté. On parle d'élever à leur mémoire un monument, à l'emplacement de la grange brûlée... Un sanglot l'arrête. Maman et Grand-Ma se précipitent auprès d'elle.

Papa a pris Dounia par la main et l'a emmenée dehors. Ils ont marché à travers la ville longtemps. Il parlait doucement, expliquait... Sa voix faisait du bien.

Table des matières

Rolande Causse
L'auteur

Rolande Causse a deux passions : écrire des romans, des poèmes, des livres sur la langue et lire fictions et poésies. À propos de *Rouge Braise*, Rolande Causse rencontre de nombreux élèves à qui elle confie que cette histoire est à 90 % autobiographique, les 10 % restants sont « mensonges » nécessaires à l'écriture. Pour ce récit écrit à la mémoire de son oncle, résistant de la première heure, elle garde une préférence particulière et en aime toujours le style.

Passeuse de mots, de sensations et d'émotions, elle anime aussi des ateliers de littérature-écriture sur des écrivains comme Marcel Proust, Franz Kafka, Nathalie Sarraute, Jean Giono…

Du même auteur chez Gallimard Jeunesse

ALBUMS
Mère absente, fille tourmente

HORS-SÉRIE GIBOULÉES
La Voix du vent

Norbert Boussot
L'illustrateur

Norbert Boussot est né à Paris en 1945, d'une mère d'origine vietnamienne et d'un père français. Il réalise ses premières illustrations pour le journal *Pilote,* puis publie son premier livre : *Métro, boulot, Boussot* aux éditions Futuropolis. Norbert Boussot travaille également pour la publicité et, lorsqu'il ne dessine pas, pratique avec passion les arts martiaux.

Le papier de cet ouvrage est composé de fibres naturelles, renouvelables,
recyclables et fabriquées à partir de bois provenant
de forêts gérées durablement.

Mise en pages : Didier Gatepaille

Loi n° 49-956 du 16 juillet 1949
sur les publications destinées à la jeunesse
ISBN : 978-2-07-061287-1
Numéro d'édition : 336597
Premier dépôt légal dans la même collection : août 1985
Dépôt légal : avril 2018

Imprimé en Espagne chez Novoprint (Barcelone)